Platero y yo

Juan Ramón Jiménez:
Platero y yo
(Elegía andaluza)
1907-1916

Introducción de Germán Bleiberg

El Libro de Bolsillo
Alianza Editorial
Madrid

Primera edición en "El Libro de Bolsillo": 1981
Undécima reimpresión en "El Libro de Bolsillo": 1993

© Herederos de Juan Ramón Jiménez, 1981
© Alianza Editorial, S.A., Madrid, 1981, 1982, 1983, 1984, 1985,
   1986, 1987, 1988, 1989, 1991, 1992, 1993
   Calle Juan Ignacio Luca de Tena 15, 28027 Madrid;
   Teléf.: 741 66 00
   ISBN: 84-206-1851-9
   Depósito legal: B. 30732-1993
   Compuesto en Fernández Ciudad, S.L.
   Impreso y encuadernado por
   Printer, industria gráfica sa
   C.N. II, Cuatro Caminos s/n
   08620 Sant Vicenç dels Horts   Barcelona 1992
   Printed in Spain

Juan Ramón Jiménez ha convertido a Platero —nombre propio—, por la magia del lenguaje, en el arquetipo poético del burro. «En realidad, mi Platero no es un solo burro, sino varios, una síntesis de burros plateros. Yo tuve de muchacho y de joven varios. Todos eran plateros. La suma de todos mis recuerdos con ellos me dio el ente y el libro.»

Más adelante, el poeta recuerda su preferencia adolescente por el caballo Almirante, que le proporcionó «tanto goce, entusiasmo y alegría», porque le permitió ver «tantos amaneceres, tantas siestas y tantos crepúsculos, tormentas y aguaceros, campos familiares y montes extraños».

Y en este boceto de prólogo[1], Juan Ramón intro-

---

[1] Cfr. Ricardo Gullón, «Platero revivido», *Papeles de Son Armadans*, XVI (1960), 9-40, 127-156, 246-290.

duce el recuerdo autobiográfico: «Cuando se compró
para mí la finca de Fuentepiña, preferí el burro para
andar por el campo. Yo no iba sobre el burro, el
burro me acompañaba. Para ir así es más compañero
el burro que el caballo, aunque es más hermético y
más huido. Pero es más paciente y más humilde.»

Aquí asoma ya el reflejo posible de alguna lectura;
al referirse al asno, Buffon escribe: «Aussi patient,
aussi tranquille que le cheval est fier, ardent, impé-
tueux: il souffre avec constance, peut-être avec rage,
les châtiments et les coups.»

En otro giro del prólogo aludido, el poeta confía al
lector: «Yo paseaba en soledad y compañía con
Platero, que era una ayuda y un pretesto, y le
confiaba mis emociones.» El tema, Platero, es un
pre-texto, que va a convertirse en texto y textura
del libro clásico, desde su principio y desde su entrada en la vida de las letras y de la imaginación.

El asno ha sido tema, si no muy abundante en la
literatura, no infrecuente: desde Apuleyo hasta los
fabulistas, que a menudo se ensañan con el burro,
como Apolo con el rey Midas, y hasta en las
Mémoires d'un âne, en las que la condesa de Ségur le
presenta con modestia y ternura. El origen de la idea
creadora del Platero de Juan Ramón podría tal vez
rastrearse en una serie de fuentes literarias: Stevenson
(Travels with a Donkey) o tal vez la oración de F.
Jammes: «Prière pour aller au paradis avec les ânes»,
incluida en su libro Quatorze prières (Orthez, 1898)[2];

---

[2] La admiración por Francis Jammes se encuentra en un
diálogo de Juan Ramón con Francisco Giner de los Ríos
(Españoles de tres mundos y otros escritos); el poeta no alude

y, en definitiva, el asno desempeña una función de humildad en la vida de Jesús, a quien acompaña en las representaciones del Nacimiento, o a quien sirve de cabalgadura en su entrada en Jerusalén. Todos estos elementos han podido confluir en la idea inicial y progresiva de la creación del singular personaje Platero, y en la biografía del asno que se plasma en Platero y yo.

Otros contactos literarios afloran en Juan Ramón Jiménez más como base ideológica que como fuente directa: un estudio de don Francisco Giner de los Ríos, «El alma de los animales»[3] *ha podido contribuir a formar en el poeta esa idea de sublimación del animal doméstico humilde; y de una fusión de vivencias inmediatas, filtradas por la inspiración y la metódica construcción de las ciento treinta y tantas estampas del libro, Platero se humaniza, a la vez que se convierte en mito.*

También define el poeta su propósito al dar a la imprenta su Platero *definitivo. Este, como Juan Ramón ha explicado en varias ocasiones, pasó por una selección, debida a Francisco Acebal, para su «Biblioteca de juventud». El autor no intervino en la elección de los capítulos. Aclara más tarde: «Yo (como el grande Cervantes a los hombres) creía y creo que a los niños no hay que darles disparates (libros de caballerías) para interesarles y emocionar-*

---

concretamente a la elegía, pero la conocería; aparte de que nada de los «antecedentes» posibles merma grandeza a *Platero y yo*.

[3] *Estudios filosóficos y religiosos*, por Francisco Giner, Profesor separado de la Universidad de Madrid, Madrid, Librería de Francisco Góngora, 1876.

les, sino historias y trasuntos de seres y cosas reales tratados con sentimiento profundo, sencillo y claro. Y esquisito.» Y el sentido final: «No es, pues, "Platero", como tanto se ha dicho, un libro escrito sino escojido para los niños.» Y acerca de la versión definitiva, el poeta habla de una ordenación tripartita: «Primer Platero, Platero mayor, Ultimo Platero. Y lo he correjido de modo natural y directo, quitando gualdos, cuales, etc., allanándolo más»[4].

*   *   *

La vida y la obra de Juan Ramón Jiménez son inseparables. Nació el 23 de diciembre, aunque él escriba que «nací en Moguer —Andalucía— la noche de Navidad de 1881». Luego nos da los rasgos de su genealogía: «Mi padre era castellano y tenía los ojos azules; mi madre es andaluza y tiene los ojos negros. La blanca maravilla de mi pueblo guardó mi infancia en una casa vieja de grandes salones y verdes patios. De estos dulces años recuerdo bien que jugaba muy poco y que era gran amigo de la soledad; las solemnidades, las visitas, las iglesias me daban miedo... Los once años entraron, de luto, en el colegio que tienen los jesuitas en el Puerto de Santa María; fui tristón, porque ya dejaba atrás algún sentimentalismo: la ventana por donde veía llover sobre el jardín, mi bosque, el sol poniente de mi calle.»

Llega a Madrid en abril de 1900; «yo traía muchos

---

[4] Este prólogo puede leerse completo en R. Gullón, ed. cit. en nota 1.

versos, y mis amigos me indicaron la conveniencia de publicarlos en dos libros de diferente tono: Valle-Inclán me dio el título —Ninfeas— para uno, y Rubén Darío para el otro, Almas de violeta, y Francisco Villaespesa, mi amigo inseparable de entonces, me escribió unas prosas simbólicas para que fuéramos juntos, como hermanos, en unas páginas sentimentales atadas con violetas».

Pero pronto, ya en 1901, el poeta se siente aquejado de una intensa depresión nerviosa; parte de ese año se internó en una clínica de Castel d'Andorte, en Le Bouscat, Burdeos; pasó después al Sanatorio del Rosario, en Madrid, y posteriormente a la casa del doctor Luis Simarro. Casi un lustro de cuidados facultativos (1901-1905) no impidieron a Juan Ramón seguir desarrollando su doble vertiente vocacional: poeta y, en un sentido más lato, hombre de letras, con un campo de actividades —dentro de las primicias del modernismo literario— digno de un humanista del siglo XX.

Regresa a Moguer, donde va a residir hasta 1912; en el retiro de Moguer empieza, en 1906, a escribir Platero. Y del mismo modo que vida y obra son inseparables en Juan Ramón, su Obra, concebida con mayúscula, no puede, en última instancia, separarse en verso y prosa. Ambos son vehículos para expresar la esencialidad lírica, misteriosa, que nace de la misma fuente «que mana y corre». A esta esencialidad lírica pertenece Platero y yo, así como la poesía —en verso— que va surgiendo en el segundo ciclo madrileño del poeta: su estancia en la Residencia, que abarca de 1912 a 1916. En este último año, el de su viaje a Nueva York, donde en marzo va a *contraer matrimonio con Zenobia Camprubí, llegan su vida y su obra a un cenit creador, que en 1917 cristalizará en la primera edición completa de* Platero y yo, *y en la publicación del* Diario de un poeta recién casado *(que incluye también apuntes en prosa sobre sus influencias norteamericanas) y* Sonetos espirituales.

Desde el comienzo de su segunda época vital y poética, que puede enmarcarse entre 1916 y 1936, Juan Ramón se entrega a un trabajo incesante, como siempre bajo el lema de Goethe «Ohne Hast aber ohne Rast», también adoptado por Ortega y Gasset, que tradujo, con eufonía y precisión, los versos de Xenien: *«Sin prisa pero sin pausa.» Su crítica del ambiente de estas dos décadas vividas en Madrid se plasma en un comentario tardío en* Españoles de tres mundos: *«Ambiente inadecuado, indiferente, hostil como en España, no creo que los encuentre el poeta, el filósofo, en otro país de este mundo... Que en España la ciencia haya sido y sea escasa y disconti- nua, concesionario el arte, se debe a la ˙erizada dificultad que cerca a quien quiere cultivarlos en lo profundo. Ruido, mala temperatura, grito, incomo- didad, picos, necesidad de alteración política, falta de respeto, pago escaso, etc., todo contribuye a que el hombre interior español viva triste.»*

Al propio tiempo que hay que señalar como característica mayor de Juan Ramón su indomable vocación poética, no es posible eludir la crítica a que se vio sometido, debido a su elitismo estético, por varios o la mayoría de sus iniciales discípulos, los poetas de la llamada «generación del 27». Estos poetas, a menudo hostigados por el poeta de Platero y yo, *se desprendieron hacia los años 30 de la tutela y del magisterio de Juan Ramón, favoreciendo, frente a una poética impulsada hacia una belleza absoluta, la «poesía sin pureza» preconizada por Pablo Neruda. El poeta, a partir de su* Segunda antolojía poética *(1898-1918) —publicada en 1922— y en libros posteriores, como* Belleza *(1923) o* Sucesión *(1932) o* Canción *(1936), empezó a sentirse cada vez más aislado del mundo poético español.* «La guerra española le encuentra en Madrid, en donde pretende ocuparse llevando su espíritu animador a varios grupos de enseñanza de niños. Sale, por último, invitado por la Universidad de Puerto Rico, en donde reúne, con su segunda antología infantil, otra de versiones de Tagore; pasa después a Cuba, y a él se debe la recopilación del libro* La poesía cubana en 1936. *Fíjase más adelante en la Florida, de donde pasa últimamente a Washington... Ya no es "el Retraído", "el Cansado de su nombre", como gustó de apellidarse, escondiéndose tras de las iniciales J. R. J. o en el anonimato. En la hora presente, su destino se agranda, poniéndole en contacto con países nuevos, influyendo en los medios más próximos»* (Enrique Díez-Canedo, Juan Ramón Jiménez en su obra, *El Colegio de México, 1944). En 1943, Juan Ramón escribe a Enrique Díez-Canedo, entonces en México:* «Desde estas Américas empecé a verme, y a ver lo demás, y a los demás, en los días de España; desde fuera y lejos, en el mismo tiempo y el mismo espacio. Se produjo en mí un cambio profundo, algo parecido al que tuve cuando vine en 1916» *(ob. cit., pág. 138). Así empieza la tercera y última fase de su vida.*

Su conferencia Política poética *—aldabonazo, el
15 de junio de 1936, de lo que llamó más tarde
«esta mala guerra de España»—, concluye los casi
veinte años de su segunda fase iniciada en 1916; y
con ella abre su larga estancia en Ultramar; en
octubre de 1936, repitió su conferencia en Puerto
Rico. En Puerto Rico se define políticamente, en una
entrevista: «Yo no soy político. Soy un poeta; pero
mis simpatías están con las personas que representan
la cultura, el espíritu español, que son las que
trajeron la República... El Gobierno que existía
cuando he salido de España tenía derecho a gobernar
y ser respetado y ayudado. Era un gobierno votado
legalmente por la voluntad popular en las urnas
electorales.»*

*Al salir de España, pasó cerca de un mes en
Estados Unidos antes de ir a Puerto Rico; luego, dos
años en Cuba (fines de 1936 a principios de 1939); de
Cuba se traslada a Miami, en cuya Universidad (en
Coral Gables) enseña hasta 1942; posteriormente se
establece en College Park (Riverdale), cerca de
Washington, D. C., para enseñar, lo mismo que
Zenobia, en la Universidad de Maryland; desde
1951 a 1958 regresa a Puerto Rico, donde en Río
Piedras fue profesor de la Universidad. El 25 de
octubre de 1956 se difunde la noticia de que ha
recibido el Premio Nobel de Literatura. La posible
satisfacción del reconocimiento universal a su valor
poético se enturbia con la pertinaz enfermedad de
Zenobia, que fallece tres días después de haber
llegado la nueva a Puerto Rico. Y Juan Ramón
muere en la isla el 29 de mayo de 1958.*

Los años fecundísimos del exilio no se limitaron a

Estados Unidos o el Caribe. En 1948 pasó tres meses en Argentina, donde sus conferencias fueron un aliciente más para el resurgimiento de la poesía hispanoamericana. Durante este período americano enriquece y publica otro de sus grandes libros de prosa: Españoles de tres mundos. *En este volumen cruje la «preocupación de España», como en estas líneas: «En la eternidad de esta mala guerra de España, que tuvo comunicada a España de modo grande y terrible con la otra eternidad, Antonio Machado, con Miguel de Unamuno y Federico García Lorca, tan vivos de la muerte los tres, cada uno a su manera, se han ido, de diversa manera lamentable y hermosa también, a mirarle a Dios la cara. Grande de ver sería cómo da la cara de Dios, sol o luna principales, en las caras de los tres caídos, más afortunados quizá que los otros, y cómo ellos le están viendo la cara a Dios».*

El franciscanismo que emana del libro Platero y yo *no vuelve a las prosas de Juan Ramón, ni al verso que se agita, con violencia metafísica, en* Animal de fondo *(1949), su obra de madurez, que es la parte esencial de* Dios deseado y deseante.

Convendría señalar, para concluir la sucesión de actividades y obras de Juan Ramón en su dilatada plenitud, que abarca más de medio siglo, que Platero y yo *es, en definitiva, una producción única en su obra. Aunque escribiera el prólogo aludido al principio de estas páginas, Juan Ramón no introdujo los cambios que pensara hacer. No quiero glosar el «andalucismo» universal que es característico de esta obra, porque es evidente en cada página; tampoco es necesario insistir en las peculiaridades estilísticas, ya que otros tomos en fase de terminación para la misma Editorial tratarán de dichos aspectos pormenorizadamente. En tal sentido, Platero y yo es un ciclo cerrado, con algunas variantes de edición a edición, pero que no afectan al conjunto de las estampas, ni siquiera al detalle.*

Junio 1981.

Germán Bleiberg

He utilizado para el texto de *Platero y yo* la edición de Residencia de Estudiantes, tal vez la más cuidada de las que el mismo poeta menciona en *apéndice II* (pág. 173) de este volumen. En dicho texto se hace la historia de *Platero*. Pero como sucede a menudo, y como dice Horacio (*Arte poética*, 359) —*quandoque bonus dormitat Homerus*—, a J. R. J. se le confunden las fechas, y señala 1916 como el año de la primera edición completa de *Platero*, que en realidad se publicó en 1917. En el texto de *Platero* se advertirá que J. R. J. sigue la ortografía académica, ya desde el subtítulo: *Elegía andaluza;* en otras obras, anteriores y siempre en las posteriores, la «g» se convierte en «j» y la ortografía se altera según el criterio del poeta.

Nota bibliográfica

Campoamor González, Antonio: *Vida y poesía de Juan Ramón Jiménez*. Madrid, 1976. [Cuidada biografía, con bastante material nuevo.]

Díaz-Plaja, Guillermo: *Juan Ramón Jiménez en su poesía*. Madrid, 1958. [Sugestivo estudio general.]

Díez-Canedo, Enrique: *Juan Ramón Jiménez en su obra*. México, 1944. [Sigue siendo libro fundamental.]

Fogelquist, Donald F.: *Juan Ramón Jiménez: Vida y obra, bibliografía, antología*. *Revista Hispánica Moderna*, XXIV (abril-julio, 1958) números 2-3.

——: *Juan Ramón Jiménez*. Boston, 1976. [Ambos trabajos el primero, en español, el segundo, en inglés, son sumamente útiles e informativos.]

Garfias, Francisco: *Juan Ramón Jiménez*. Madrid, 1958. [Obra de un excelente conocedor y editor de la poesía de J. R. J.]

Guerrero Ruiz, Juan: *Juan Ramón de viva voz*. [Obra «vivida»; Juan Guerrero —a quien Lorca llamó «cónsul general de la Poesía española», fue el representante de los intereses de Juan Ramón en España, durante la definitiva emigración del poeta; es obra de recuerdos.]

Gullón, Ricardo: *Conversaciones con Juan Ramón*. Madrid, 1958. [A diferencia del libro de Guerrero, el de Gullón es más crítico que biográfico.]

——, *Estudios sobre Juan Ramón Jiménez*. Buenos Aires, 1960.

Palau de Nemes, Graciela: *Vida y obra de Juan Ramón Jiménez*, 2.ª ed. —en dos tomos—, Madrid, 1974. [Se considera como la obra de conjunto más completa sobre el poeta.]

Predmore, Michael P.: *La obra en prosa de Juan Ramón Jiménez*, 2.ª ed., Madrid, 1975. [Muy dedicado al estudio de J. R. J., es autor también de una edición de *Platero*, Madrid, 1979.]

Sánchez Barbudo, Antonio: *La segunda época de Juan Ramón Jiménez*. Madrid, 1962. [Comentario personal, crítico —a veces lírico— de la poesía tardía del poeta.]

Young, Howard T.: *Juan Ramón Jiménez*. New York, 1967. [Obra de conjunto de uno de los mejores especialistas norteamericanos en poesía española moderna.]

Aparte de estos autores, hay que citar al profesor Antonio Sánchez-Romeralo, que ha editado, con sendos prólogos, *Leyenda* y *La realidad invisible* —este libro, en prensa, Tamesis Books, London—; se trata de dos colecciones proyectadas por J. R. J. y que A. Sánchez-Romeralo ha reconstruido a base del archivo de Puerto Rico.

Platero y yo

A la memoria de Aguedilla,
la pobre loca de la calle del Sol
que me mandaba moras y claveles

La nota que sigue fue escrita para la edición escogida de «Platero y yo» que publicó la biblioteca «Juventud» (Ediciones de «La Lectura», Madrid) en Navidad de 1914:

Este breve libro, en donde la alegría y la pena son gemelas, cual las orejas de Platero, estaba escrito para... ¡qué sé yo para quién! ...para quien escribimos los poetas líricos... Ahora que va a los niños, no le quito ni le pongo una coma. ¡Qué bien!

«Dondequiera que haya niños —dice Novalis—, existe una edad de oro.» Pues por esa edad de oro, que es como una isla espiritual caída del cielo, anda el corazón del poeta, y se encuentra allí tan a su gusto, que su mejor deseo sería no tener que abandonarla nunca.

¡Isla de gracia, de frescura y de dicha, edad de oro de los niños; siempre te halle yo en mi vida, mar de duelo; y que tu brisa me dé su lira, alta y, a veces, sin sentido, igual que el trino de la alondra en el sol blanco del amanecer!

EL POETA

Madrid, 1914.)

I

Platero

Platero es pequeño, peludo, suave; tan blando por fuera, que se diría todo de algodón, que no lleva huesos. Sólo los espejos de azabache de sus ojos son duros cual dos escarabajos de cristal negro.

Lo dejo suelto, y se va al prado, y acaricia tibiamente con su hocico, rozándolas apenas, las florecillas rosas, celestes y gualdas... Lo llamo dulcemente: «¿Platero?», y viene a mí con un trotecillo alegre que parece que se ríe, en no sé qué cascabeleo ideal...

Come cuanto le doy. Le gustan las naranjas mandarinas, las uvas moscateles, todas de ámbar, los higos morados, con su cristalina gotita de miel...

Es tierno y mimoso igual que un niño, que una niña...; pero fuerte y seco por dentro, como de piedra. Cuando paso sobre él, los domingos, por las últimas callejas del pueblo, los hombres del campo, vestidos de limpio y despaciosos, se quedan mirándolo:

—Tien' asero...

Tiene acero. Acero y plata de luna, al mismo tiempo.

II

Mariposas blancas

La noche cae, brumosa ya y morada. Vagas claridades malvas y verdes perduran tras la torre de la iglesia. El camino sube lleno de sombras, de campanillas, de fragancia de hierba, de canciones, de cansancio y de anhelo. De pronto, un hombre oscuro, con una gorra y un pincho, roja un instante la cara fea por la luz del cigarro, baja a nosotros de una casucha miserable, perdida entre sacas de carbón. Platero se amedrenta.

—¿Va argo?

—Vea usted... Mariposas blancas...

El hombre quiere clavar su pincho de hierro en el seroncillo, y no lo evito. Abro la alforja y él no ve nada. Y el alimento ideal pasa, libre y cándido, sin pagar su tributo a los Consumos...

III
Juegos del anochecer

Cuando, en el crepúsculo del pueblo, Platero y yo entramos, ateridos, por la oscuridad morada de la calleja miserable que da al río seco, los niños pobres juegan a asustarse, fingiéndose mendigos. Uno se echa un saco a la cabeza, otro dice que no ve, otro se hace el cojo...

Después, en ese brusco cambiar de la infancia, como llevan unos zapatos y un vestido, y como sus madres, ellas sabrán cómo, les han dado algo de comer, se creen unos príncipes:

—Mi pare tié un reló e plata.

—Y er mío, un cabayo.

—Y er mío una ejcopeta.

Reloj que levantará a la madrugada, escopeta que no matará el hambre, caballo que llevará a la miseria...

El corro, luego. Entre tanta negrura, una niña forastera, que habla de otro modo, la sobrina del Pájaro Verde, con voz débil, hilo de cristal acuoso en la sombra, canta entonadamente, cual una princesa:

> Yo soy laaa viudiiitaa
> del Condeee de Oréé...

...¡Sí, sí! ¡Cantad, soñad, niños pobres! Pronto, al amanecer vuestra adolescencia, la primavera os asustará, como un mendigo, enmascarada de invierno.

—Vamos, Platero...

IV
El eclipse

Nos metimos las manos en los bolsillos, sin
querer, y la frente sintió el fino aleteo de la sombra
fresca, igual que cuando se entra en un pinar espeso.
Las gallinas se fueron recogiendo en su escalera
amparada, una a una. Alrededor, el campo enlutó su
verde, cual si el velo morado del altar mayor lo
cobijase. Se vio, blanco, el mar lejano, y algunas
estrellas lucieron, pálidas. ¡Cómo iban trocando
blancura por blancura las azoteas! Los que estábamos en ellas nos gritábamos cosas de ingenio mejor
o peor, pequeños y oscuros en aquel silencio reduci-
do del eclipse.

Mirábamos el sol con todo: con los gemelos de
teatro, con el anteojo de larga vista, con una botella,
con un cristal ahumado; y desde todas partes: desde
el mirador, desde la escalera del corral, desde la
ventana del granero, desde la cancela del patio, por
sus cristales granas y azules...

Al ocultarse el sol que, un momento antes, todo lo
hacía dos, tres, cien veces más grande y mejor con
sus complicaciones de luz y oro, todo, sin la transición larga del crepúsculo, lo dejaba sólo y pobre,
como si hubiera cambiado onzas primero y luego
plata por cobre. Era el pueblo como un perro chico,
mohoso y ya sin cambio. ¡Qué tristes y qué pequeñas
las calles, las plazas, la torre, los caminos de los
montes!

Platero parecía, allá en el corral, un burro menos
verdadero, diferente y recortado; otro burro...

V
Escalofrío

La luna viene con nosotros, grande, redonda, pura.
En los prados soñolientos se ven, vagamente, no sé
qué cabras negras, entre las zarzamoras... Alguien se
esconde, tácito, a nuestro pesar... Sobre el vallado,
un almendro inmenso, níveo de flor y de luna,
revuelta la copa con una nube blanca, cobija el
camino asaeteado de estrellas de marzo... Un olor
penetrante a naranjas..., humedad y silencio... La
cañada de las Brujas...

—¡Platero, qué... frío!

Platero, no sé si con su miedo o con el mío, trota,
entra en el arroyo, pisa la luna y la hace pedazos. Es
como si un enjambre de claras rosas de cristal se
enredara, queriendo retenerlo, a su trote...

Y trota Platero, cuesta arriba, encogida la grupa
cual si alguien le fuese a alcanzar, sintiendo la
tibieza suave, que parece que nunca llega, del pueblo
que se acerca...

VI
La miga

Si tú vinieras, Platero, con los demás niños, a la
miga, aprenderías el a, b, c, y escribirías palotes. Sa-
brías tanto como el burro de las figuras de cera —el
amigo de la Sirenita del Mar, que aparece corona-
do de flores de trapo, por el cristal que muestra a

ella, rosa toda, carne y oro, en su verde elemento—; más que el médico y el cura de Palos, Platero.

Pero, aunque no tienes más que cuatro años, ¡eres tan grandote y tan poco fino! ¿En qué sillita te ibas a sentar tú, en qué mesa ibas tú a escribir, qué cartilla ni qué pluma te bastarían, en qué lugar del corro ibas a cantar, di, el Credo?

No. Doña Domitila —de hábito de Padre Jesús Nazareno, morado todo con el cordón amarillo, igual que Reyes, el besuguero— te tendría, a lo mejor, dos horas de rodillas en un rincón del patio de los plátanos, o te daría con su larga caña seca en las manos, o se comería la carne de membrillo de tu merienda, o te pondría un papel ardiendo bajo el rabo y tan coloradas y tan calientes las orejas como se le ponen al hijo del aperador cuando va a llover...

No, Platero, no. Vente tú conmigo. Yo te enseñaré las flores y las estrellas. Y no se reirán de ti como de un niño torpón, ni te pondrán, cual si fueras lo que ellos llaman un burro, el gorro de los ojos grandes ribeteados de añil y almagra, como los de las barcas del río, con dos orejas dobles que las tuyas.

VII

El loco

Vestido de luto, con mi barba nazarena y mi breve sombrero negro, debo cobrar un extraño aspecto cabalgando en la blandura gris de Platero.

Cuando, yendo a las viñas, cruzo las últimas

calles, blancas de cal con sol, los chiquillos gitanos, aceitosos y peludos, fuera de los harapos verdes, rojos y amarillos, las tensas barrigas tostadas, corren detrás de nosotros, chillando largamente:

—¡El loco! ¡El loco! ¡El loco!

...Delante está el campo, ya verde. Frente al cielo inmenso y puro, de un incendiado añil, mis ojos —¡tan lejos de mis oídos!— se abren noblemente, recibiendo en su calma esa placidez sin nombre, esa serenidad armoniosa y divina que vive en el sinfín del horizonte...

Y quedan, allá lejos, por las altas eras, unos agudos gritos, velados finamente, entrecortados, jadeantes, aburridos:

—¡El lo... co! ¡El lo... co!

VIII
Judas

¡No te asustes, hombre! ¿Qué te pasa? Vamos, quietecito... Es que están matando a Judas, tonto.

Sí, están matando a Judas. Tenían puesto uno en el Monturrio, otro en la calle de Enmedio, otro ahí, en el Pozo del Concejo. Yo los vi anoche, fijos como por una fuerza sobrenatural en el aire, invisible en la oscuridad la cuerda que, de doblado a balcón, los sostenía. ¡Qué grotescas mescolanzas de viejos sombreros de copa y mangas de mujer, de caretas de ministros y miriñaques, bajo las estrellas serenas!

Los perros les ladraban sin irse del todo, y los caballos, recelosos, no querían pasar bajo ellos...

Ahora las campanas dicen, Platero, que el velo del altar mayor se ha roto. No creo que haya quedado escopeta en el pueblo sin disparar a Judas. Hasta aquí llega el olor de la pólvora. ¡Otro tiro! ¡Otro!

...Sólo que Judas, hoy, Platero, es el diputado, o la maestra, o el forense, o el recaudador, o el alcalde, o la comadrona; y cada hombre descarga su escopeta cobarde, hecho niño esta mañana del Sábado Santo, contra el que tiene su odio, en una superposición de vagos y absurdos simulacros primaverales.

IX

Las brevas

Fue el alba neblinosa y cruda, buena para las brevas, y, con las seis, nos fuimos a comerlas a la Rica.

Aún, bajo las grandes higueras centenarias, cuyos troncos grises enlazaban en la sombra fría, como bajo una falda, sus muslos opulentos, dormitaba la noche; y las anchas hojas —que se pusieron Adán y Eva— atesoraban un fino tejido de perlillas de rocío que empalidecía su blanda verdura. Desde allí dentro se veía, entre la baja esmeralda viciosa, la aurora que rosaba, más viva cada vez, los velos incoloros del oriente.

...Corríamos, locos, a ver quien llegaba antes a cada higuera. Rociillo cogió conmigo la primera hoja de una, en un sofoco de risas y palpitaciones. «Toca aquí.» Y me ponía mi mano, con la suya, en su corazón, sobre el que el pecho joven subía y bajaba como una menuda ola prisionera. Adela apenas sabía correr, gordinflona y chica, y se enfadaba desde lejos. Le arranqué a Platero unas cuantas brevas maduras y se las puse sobre el asiento de una cepa vieja, para que no se aburriera.

El tiroteo lo comenzó Adela, enfadada por su torpeza, con risas en la boca y lágrimas en los ojos. Me estrelló una breva en la frente. Seguimos Rociillo y yo y, más que nunca por la boca, comimos brevas por los ojos, por la nariz, por las mangas, por la nuca, en un griterío agudo y sin tregua, que caía, con las brevas desapuntadas, en las viñas frescas del amanecer. Una breva le dio a Platero, y ya fue él blanco de la locura. Como el infeliz no podía defenderse ni contestar, yo tomé su partido; y un diluvio blando y azul cruzó el aire puro, en todas direcciones, como una metralla rápida.

Un doble reír, caído y cansado, expresó desde el suelo el femenino rendimiento.

X

¡Angelus!

Mira, Platero, qué de rosas caen por todas partes: rosas azules, rosas blancas, sin color... Diríase que el cielo se deshace en rosas. Mira cómo se me llenan de rosas la frente, los hombros, las manos... ¿Qué haré yo con tantas rosas?

¿Sabes tú, quizás, de dónde es esta blanda flora, que yo no sé de dónde es, que enternece, cada día, el

paisaje y lo deja dulcemente rosado, blanco y celeste
—más rosas, más rosas—, como un cuadro de Fra
Angelico, el que pintaba la gloria de rodillas?

De las siete galerías del Paraíso se creyera que
tiran rosas a la tierra. Cual en una nevada, tibia y
vagamente colorida, se quedan las rosas en la torre,
en el tejado, en los árboles. Mira: todo lo fuerte se
hace, con su adorno, delicado. Más rosas, más rosas,
más rosas...

Parece, Platero, mientras suena el Angelus, que
esta vida nuestra pierde su fuerza cotidiana, y que
otra fuerza de adentro, más altiva, más constante y
más pura, hace que todo, como en surtidores de
gracia, suba a las estrellas, que se encienden ya entre
las rosas... Más rosas... Tus ojos, que tú no ves,
Platero, y que alzas mansamente al cielo, son dos
bellas rosas.

XI

El moridero

Tú, si te mueres antes que yo, no irás, Platero mío,
en el carrillo del pregonero, a la marisma inmensa,
ni al barranco del camino de los montes, como los
otros pobres burros, como los caballos y los perros
que no tienen quien los quiera. No serás, descarna-
das y sangrientas tus costillas por los cuervos —tal
la espina de un barco sobre el ocaso grana—, el
espectáculo feo de los viajantes de comercio que van
a la estación de San Juan en el coche de las seis; ni

hinchado y rígido entre las almejas podridas de la
gavia, el susto de los niños que, temerarios y
curiosos, se asoman al borde de la cuesta, cogiéndose a las ramas, cuando salen, las tardes de domingo,
al otoño, a comer piñones tostados por los pinares.

Vive tranquilo, Platero. Yo te enterraré al pie del
pino grande y redondo del huerto de la Piña, que a ti
tanto te gusta. Estarás al lado de la vida alegre y
serena. Los niños jugarán y coserán las niñas en sus
sillitas bajas a tu lado. Sabrás los versos que la
soledad me traiga. Oirás cantar a las muchachas
cuando lavan en el naranjal y el ruido de la noria
será gozo y frescura de tu paz eterna. Y, todo el año,
los jilgueros, los chamarices y los verdones te
pondrán, en la salud perenne de la copa, un breve
techo de música entre tu sueño tranquilo y el infinito
cielo de azul constante de Moguer.

XII

La púa

Entrando en la dehesa de los Caballos, Platero ha
comenzado a cojear. Me he echado al suelo...

—Pero, hombre, ¿qué te pasa?

Platero ha dejado la mano derecha un poco
levantada, mostrando la ranilla, sin fuerza y sin
peso, sin tocar casi con el casco la arena ardiente del
camino.

Con una solicitud mayor, sin duda, que la del

viejo Darbón, su médico, le he doblado la mano y le
he mirado la ranilla roja. Una púa larga y verde, de
naranjo sano, está clavada en ella como un redondo puñalillo de esmeralda. Estremecido del dolor de
Platero, he tirado de la púa; y me lo he llevado al
pobre al arroyo de los lirios amarillos, para que el
agua corriente le lama, con su larga lengua pura, la
heridilla.

Después, hemos seguido hacia la mar blanca, yo
delante, él detrás, cojeando todavía y dándome
suaves topadas en la espalda...

XIII
Golondrinas

Ahí la tienes ya, Platero, negrita y vivaracha en su
nido gris del cuadro de la Virgen de Montemayor,
nido respetado siempre. Está la infeliz como asustada. Me parece que esta vez se han equivocado las
pobres golondrinas, como se equivocaron, la semana
pasada, las gallinas, recogiéndose en su cobijo cuando el sol de las dos se eclipsó. La primavera tuvo la
coquetería de levantarse este año más temprano,
pero ha tenido que guardar de nuevo, tiritando, su
tierna desnudez en el lecho nublado de marzo. ¡Da
pena ver marchitarse, en capullo, las rosas vírgenes
del naranjal!

Están ya aquí, Platero, las golondrinas y apenas se
las oye, como otros años, cuando el primer día de

llegar lo saludan y lo curiosean todo, charlando sin
tregua en su rizado gorjeo. Le contaban a las flores
lo que habían visto en Africa, sus dos viajes por el
mar, echadas en el agua, con el ala por vela, o en las
jarcias de los barcos; de otros ocasos, de otras
auroras, de otras noches con estrellas...

No saben qué hacer. Vuelan mudas, desorienta-
das, como andan las hormigas cuando un niño les
pisotea el camino. No se atreven a subir y bajar por
la calle Nueva en insistente línea recta con aquel
adornito al fin, ni a entrar en sus nidos de los pozos,
ni a ponerse en los alambres del telégrafo, que el
norte hace zumbar, en su cuadro clásico de carteras,
junto a los aisladores blancos... ¡Se van a morir de
frío, Platero!

XIV

La cuadra

Cuando, al mediodía, voy a ver a Platero, un
transparente rayo del sol de las doce enciende un
gran lunar de oro en la plata blanda de su lomo.
Bajo su barriga, por el oscuro suelo, vagamente
verde, que todo lo contagia de esmeralda, el techo
viejo llueve claras monedas de fuego.

Diana, que está echada entre las patas de Platero,
viene a mí, bailarina, y me pone sus manos en el
pecho, anhelando lamerme la boca con su lengua
rosa. Subida en lo más alto del pesebre, la cabra me
mira curiosa, doblando la fina cabeza de un lado y

de otro, con una femenina distinción. Entretanto,
Platero, que, antes de entrar yo, me había ya
saludado con un levantado rebuzno, quiere romper
su cuerda, duro y alegre al mismo tiempo.

Por el tragaluz, que trae el irisado tesoro del cenit,
me voy un momento, rayo de sol arriba, al cielo,
desde aquel idilio. Luego, subiéndome a una piedra,
miro el campo.

El paisaje verde nada en la lumbrarada florida y
soñolienta, y en el azul limpio que encuadra el muro
astroso, suena, dejada y dulce, una campana.

XV

El potro castrado

Era negro, con tornasoles grana, verdes y azules,
todos de plata, como los escarabajos y los cuervos.
En sus ojos nuevos rojeaba a veces un fuego vivo,
como en el puchero de Ramona, la castañera de la
plaza del Marqués. ¡Repiqueteo de su trote corto
cuando, de la Friseta de arena, entraba, campeador,
por los adoquines de la calle Nueva! ¡Qué ágil, qué
nervioso, qué agudo fue, con su cabeza pequeña y
sus remos finos!

Pasó, noblemente, la puerta baja del bodegón,
más negro que él mismo sobre el colorado sol del
Castillo, que era fondo deslumbrante de la nave,
suelto el andar, juguetón con todo. Después, saltan-
do el tronco de pino, umbral de la puerta, invadió de
alegría el corral verde y de estrépito de gallinas,

palomos y gorriones. Allí lo esperaban cuatro hombres, cruzados los velludos brazos sobre las camisetas de colores. Lo llevaron bajo la pimienta. Tras una lucha áspera y breve, cariñosa un punto, ciega luego, lo tiraron sobre el estiércol y, sentados todos sobre él, Darbón cumplió su oficio, poniendo un fin a su luctuosa y mágica hermosura.

Thy unus'd beauty must be tomb'd with thee,
Which used, lives th' executor to be,

—dice Shakespeare a su amigo.

...Quedó el potro, hecho caballo, blando, sudoroso, extenuado y triste. Un solo hombre lo levantó, y, tapándolo con una manta, se lo llevó, lentamente, calle abajo.

¡Pobre nube vana, rayo ayer, templado y sólido! Iba como un libro descuadernado. Parecía que ya no estaba sobre la tierra, que entre sus herraduras y las piedras, un elemento nuevo lo aislaba, dejándolo sin razón, igual que un árbol desarraigado, cual un recuerdo, en la mañana violenta, entera y redonda de primavera.

XVI

La casa de enfrente

¡Qué encanto siempre, Platero, en mi niñez, el de la casa de enfrente a la mía! Primero, en la calle de la Ribera, la casilla de Arreburra, el aguador, con su corral al sur, dorado siempre de sol, desde donde yo miraba Huelva, encaramándome en la tapia. Alguna vez me dejaban ir, un momento, y la hija de Arreburra, que entonces me parecía una mujer y que ahora, ya casada, me parece como entonces, me daba azamboas y besos... Después, en la calle Nueva —luego Cánovas, luego Fray Juan Pérez—, la casa de don José, el dulcero de Sevilla, que me deslumbraba con sus botas de cabritilla de oro, que ponía en la pita de su patio cascarones de huevos, que pintaba de amarillo canario con fajas de azul marino las puertas de su zaguán, que venía, a veces, a mi casa, y mi padre le daba dinero, y él le hablaba siempre del olivar... ¡Cuántos sueños le ha mecido a mi infancia esa pobre pimienta que, desde mi balcón, veía yo, llena de gorriones, sobre el tejado de don José! Eran dos pimientas, que no uní nunca: una, la que veía, copa con viento o sol, desde mi balcón; otra, la que veía en el corral de don José, desde su tronco...

Las tardes claras, las siestas de lluvia, a cada cambio leve de cada día o de cada hora, ¡qué interés, qué atractivo tan extraordinario, desde mi cancela, desde mi ventana, desde mi balcón, en el silencio de la calle, el de la casa de enfrente!

XVII

El niño tonto

Siempre que volvíamos por la calle de San José, estaba el niño tonto a la puerta de su casa, sentado en su sillita, mirando el pasar de los otros. Era uno

de esos pobres niños a quienes no llega nunca el don
de la palabra ni el regalo de la gracia; niño alegre él
y triste de ver; todo para su madre, nada para los
demás.

Un día, cuando pasó por la calle blanca aquel mal
viento negro, no vi ya al niño en su puerta. Cantaba
un pájaro en el solitario umbral, y yo me acordé de
Curros, padre más que poeta, que, cuando se quedó
sin su niño, le preguntaba por él a la mariposa
gallega:

Volvoreta d'aliñas douradas...

Ahora que viene la primavera, pienso en el niño
tonto, que desde la calle de San José se fue al cielo.
Estará sentado en su sillita, al lado de las rosas
únicas, viendo con sus ojos, abiertos otra vez, el
dorado pasar de los gloriosos.

XVIII
La fantasma

La mayor diversión de Anilla la Manteca, cuya
fogosa y fresca juventud fue manadero sin fin de
alegrones, era vestirse de fantasma. Se envolvía toda
en una sábana, añadía harina al azucenón de su
rostro, se ponía dientes de ajo en los dientes, y
cuando ya, después de cenar, soñábamos, medio
dormidos, en la salita, aparecía ella de improviso

por la escalera de mármol, con un farol encendido, andando lenta, imponente y muda. Era, vestida ella de aquel modo, como si su desnudez se hubiese hecho túnica. Sí. Daba espanto la visión sepulcral que traía de los altos oscuros, pero, al mismo tiempo, fascinaba su blancura sola, con no sé qué plenitud sensual...

Nunca olvidaré, Platero, aquella noche de setiembre. La tormenta palpitaba sobre el pueblo hacía una hora, como un corazón malo, descargando agua y piedra entre la desesperadora insistencia del relámpago y del trueno. Rebosaba ya el aljibe e inundaba el patio. Los últimos acompañamientos —el coche de las nueve, las ánimas, el cartero— habían ya pasado... Fui, tembloroso, a beber al comedor, y en la verde blancura de un relámpago, vi el eucalipto de las Velarde —el árbol del cuco, como le decíamos, que cayó aquella noche—, doblado todo sobre el tejado del alpende...

De pronto, un espantoso ruido seco, como la sombra de un grito de luz que nos dejó ciegos, conmovió la casa. Cuando volvimos a la realidad, todos estábamos en sitio diferente del que teníamos un momento antes y como solos todos, sin afán ni sentimiento de los demás. Uno se quejaba de la cabeza, otro de los ojos, otro del corazón... Poco a poco fuimos tornando a nuestros sitios.

Se alejaba la tormenta... La luna, entre unas nubes enormes que se rajaban de abajo arriba, encendía de blanco en el patio el agua que todo lo colmaba. Fuimos mirándolo todo. *Lord* iba y venía a la escalera del corral, ladrando loco. Lo seguimos... Platero; abajo ya, junto a la flor de noche que, mojada, exhalaba un nauseabundo olor, la pobre Anilla, vestida de fantasma, estaba muerta, aun encendido el farol en su mano negra por el rayo.

XIX

Paisaje grana

La cumbre. Ahí está el ocaso, todo empurpurado, herido por sus propios cristales, que le hacen sangre por doquiera. A su esplendor, el pinar verde se agria, vagamente enrojecido; y las hierbas y las florecillas, encendidas y transparentes, embalsaman el instante sereno de una esencia mojada, penetrante y luminosa.

Yo me quedo extasiado en el crepúsculo. Platero, granas de ocaso sus ojos negros, se va, manso, a un charquero de aguas de carmín, de rosa, de violeta; hunde suavemente su boca en los espejos, que parece que se hacen líquidos al tocarlos él; y hay por su enorme garganta como un pasar profuso de umbrías aguas de sangre.

El paraje es conocido, pero el momento lo trastorna y lo hace extraño, ruinoso y monumental. Se dijera, a cada instante, que vamos a descubrir un palacio abandonado... La tarde se prolonga más allá de sí misma, y la hora, contagiada de eternidad, es infinita, pacífica, insondable...

—Anda, Platero...

XX
El loro

Estábamos jugando con Platero y con el loro, en el huerto de mi amigo, el médico francés, cuando una mujer joven, desordenada y ansiosa, llegó, cuesta abajo, hasta nosotros. Antes de llegar, avanzando el negro ver angustiado a mí, me había suplicado:

—Zeñorito: ¿ejtá ahí eze médico?

Tras ella venían ya unos chiquillos astrosos, que, a cada instante, jadeando, miraban camino arriba; al fin, varios hombres que traían a otro, lívido y decaído. Era un cazador furtivo de esos que cazan venados en el coto de Doñana. La escopeta, una absurda escopeta vieja amarrada con tomiza, se le había reventado, y el cazador traía el tiro en un brazo.

Mi amigo se llegó, cariñoso, al herido, le levantó unos míseros trapos que le habían puesto, le lavó la sangre y le fue tocando huesos y músculos. De vez en cuando me decía:

—Ce n'est rien...

Caía la tarde. De Huelva llegaba un olor a marisma, a brea, a pescado... Los naranjos redondeaban, sobre el poniente rosa, sus apretados terciopelos de esmeralda. En una lila, lila y verde, el loro, verde y rojo, iba y venía, curioseándonos con sus ojitos redondos.

Al pobre cazador se le llenaban de sol las lágrimas saltadas; a veces, dejaba oír un ahogado grito. Y el loro:

—Ce n'est rien...

Mi amigo ponía al herido algodones y vendas...
El pobre hombre:
—¡Aaay!
Y el loro, entre las lilas:
—*Ce n'est rien... Ce n'est rien...*

XXI

La azotea

Tú, Platero, no has subido nunca a la azotea. No puedes saber qué honda respiración ensancha el pecho, cuando al salir a ella de la escalerilla oscura de madera, se siente uno quemado en el sol pleno del día, anegado de azul como al lado mismo del cielo, ciego del blancor de la cal, con la que, como sabes, se da al suelo de ladrillo para que venga limpia al aljibe el agua de las nubes.

¡Qué encanto el de la azotea! Las campanas de la torre están sonando en nuestro pecho, al nivel de nuestro corazón, que late fuerte; se ven brillar, lejos, en las viñas, los azadones, con una chispa de plata y sol; se domina todo: las otras azoteas, los corrales, donde la gente, olvidada, se afana, cada uno en lo suyo —el sillero, el pintor, el tonelero—; las manchas de arbolado de los corralones, con el toro o la cabra; el cementerio, adonde a veces, llega, pequeñito, apretado y negro, un inadvertido entierro de tercera; ventanas con una muchacha en camisa que se peina, descuidada, cantando; el río, con un barco que no acaba de entrar; graneros, donde un músico solitario ensaya el cornetín, o donde el amor violento hace, redondo, ciego y cerrado, de las suyas...

La casa desaparece como un sótano. ¡Qué extraña, por la montera de cristales, la vida ordinaria de abajo: las palabras, los ruidos, el jardín mismo, tan bello desde él; tú, Platero, bebiendo en el pilón, sin verme, o jugando, como un tonto, con el gorrión o la tortuga!

XXII
Retorno

Veníamos los dos, cargados, de los montes: Platero, de almoraduj; yo, de lirios amarillos.

Caía la tarde de abril. Todo lo que en el poniente había sido cristal de oro, era luego cristal de plata, una alegoría, lisa y luminosa, de azucenas de cristal. Después, el vasto cielo fue cual un zafiro transparente, trocado en esmeralda. Yo volvía triste...

Ya en la cuesta, la torre del pueblo, coronada de refulgentes azulejos, cobraba en el levantamiento de la hora pura, un aspecto monumental. Parecía, de cerca, como una Giralda vista de lejos, y mi nostalgia de ciudades, aguda con la primavera, encontraba en ella un consuelo melancólico.

Retorno... ¿adónde?, ¿de qué?, ¿para qué?... Pero los lirios que venían conmigo olían más en la frescura tibia de la noche que se entraba; olían con un olor más penetrante y, al mismo tiempo, más vago, que salía de la flor sin verse la flor, flor de olor

solo, que embriagaba el cuerpo y el alma desde la
sombra solitaria.

—¡Alma mía, lirio en la sombra! —dije—. Y
pensé, de pronto, en Platero, que, aunque iba debajo
de mí, se me había, como si fuera mi cuerpo,
olvidado.

XXIII

La verja cerrada

Siempre que íbamos a la bodega del Diezmo, yo
daba la vuelta por la pared de la calle de San
Antonio y me venía a la verja cerrada que da al
campo. Ponía mi cara contra los hierros y miraba a
derecha e izquierda, sacando los ojos ansiosamente,
cuanto mi vista podía alcanzar. De su mismo umbral
gastado y perdido entre ortigas y malvas, una vereda
sale y se borra, bajando, en las Angustias. Y, vallado
suyo abajo, va un camino ancho y hondo por el que
nunca pasé...

¡Qué mágico embeleso ver, tras el cuadro de
hierros de la verja, el paisaje y el cielo mismos que
fuera de ella se veían! Era como si una techumbre y
una pared de ilusión quitaran de lo demás el
espectáculo, para dejarlo solo a través de la verja
cerrada... Y se veía la carretera, con su puente y sus
álamos de humo, y el horno de ladrillos, y las lomas
de Palos, y los vapores de Huelva, y, al anochecer,
las luces del muelle de Riotinto y el eucalipto grande

y solo de los Arroyos sobre el morado ocaso último...

Los bodegueros me decían, riendo, que la verja no tenía llave... En mis sueños, con las equivocaciones del pensamiento sin cauce, la verja daba a los más prodigiosos jardines, a los campos más maravillosos... Y así como una vez intenté, fiado en mi pesadilla, bajar volando la escalera de mármol, fui, mil veces, con la mañana, a la verja, seguro de hallar tras ella lo que mi fantasía mezclaba, no sé si queriendo o sin querer, a la realidad...

XXIV

Don José, el cura

Ya, Platero, va ungido y hablando con miel. Pero la que, en realidad, es siempre angélica, es su burra, la señora.

Creo que lo viste un día en su huerta, calzones de marinero, sombrero ancho, tirando palabrotas y guijarros a los chiquillos que le robaban las naranjas. Mil veces has mirado, los viernes, al pobre Baltasar, su casero, arrastrando por los caminos la quebradura, que parece el globo del circo, hasta el pueblo, para vender sus míseras escobas o para rezar con los pobres por los muertos de los ricos...

Nunca oí hablar más mal a un hombre ni remover con sus juramentos más alto el cielo. Es verdad que él sabe, sin duda, o al menos así lo dice en su misa

de las cinco, dónde y cómo está allí cada cosa... El
árbol, el terrón, el agua, el viento, la candela, todo
esto tan gracioso, tan blando, tan fresco, tan puro,
tan vivo, parece que son para él ejemplo de desorden, de dureza, de frialdad, de violencia, de ruina.
Cada día, las piedras todas del huerto reposan la
noche en otro sitio, disparadas, en furiosa hostilidad,
contra pájaros y lavanderas, niños y flores.

A la oración, se trueca todo. El silencio de don
José se oye en el silencio del campo. Se pone sotana,
manteo y sombrero de teja, y casi sin mirada, entra
en el pueblo oscuro, sobre su burra lenta, como
Jesús en la muerte...

XXV

La primavera

> ¡Ay, qué relumbres y olores!
> ¡Ay, cómo ríen los prados!
> ¡Ay, qué alboradas se oyen!
>
> ROMANCE POPULAR

En mi duermevela matinal, me malhumora una
endiablada chillería de chiquillos. Por fin, sin poder
dormir más, me echo, desesperado, de la cama.
Entonces, al mirar el campo por la ventana abierta,
me doy cuenta de que los que alborotan son los
pájaros.

Salgo al huerto y canto gracias al Dios del día azul. ¡Libre concierto de picos, fresco y sin fin! La golondrina riza, caprichosa, su gorjeo en el pozo; silba el mirlo sobre la naranja caída; de fuego, la oropéndola charla, de chaparro en chaparro; el chamariz ríe larga y menudamente en la cima del eucalipto, y, en el pino grande, los gorriones discuten desaforadamente.

¡Cómo está la mañana! El sol pone en la tierra su alegría de plata y de oro; mariposas de cien colores juegan por todas partes; entre las flores, por la casa —ya dentro, ya fuera—, en el manantial. Por doquiera, el campo se abre en estallidos, en crujidos, en un hervidero de vida sana y nueva.

Parece que estuviéramos dentro de un gran panal de luz, que fuese el interior de una inmensa y cálida rosa encendida.

XXVI

El aljibe

Míralo: está lleno de las últimas lluvias, Platero. No tiene eco, ni se ve, allá en su fondo, como cuando está bajo, el mirador con sol, joya polícroma tras los cristales amarillos y azules de la montera.

Tú no has bajado nunca al aljibe, Platero. Yo sí; bajé cuando lo vaciaron, hace años. Mira: tiene una galería larga, y luego un cuarto pequeñito. Cuando entré en él, la vela que llevaba se me apagó y una salamandra se me puso en la mano. Dos fríos

terribles se cruzaron en mi pecho cual dos espadas
que se cruzaran como dos fémures bajo una cálave-
ra... Todo el pueblo está socavado de aljibes y
galerías, Platero. El aljibe más grande es el del patio
del Salto del Lobo, plaza de la ciudadela antigua del
Castillo. El mejor es este de mi casa, que, como ves,
tiene el brocal esculpido en una pieza sola de
mármol alabastrino. La galería de la Iglesia va hasta
la viña de los Puntales y allí se abre al campo, junto
al río. La que sale del Hospital nadie se ha atrevido a
seguirla del todo, porque no acaba nunca...

Recuerdo, cuando era niño, las noches largas de
lluvias, en que me desvelaba el rumor sollozante del
agua redonda que caía, de la azotea, en el aljibe.
Luego, a la mañana, íbamos, locos, a ver hasta
dónde había llegado el agua. Cuando estaba hasta la
boca, como está hoy, ¡qué asombro, qué gritos, qué
admiración!

...Bueno, Platero. Y ahora voy a darte un cubo
de esta agua pura y fresquita, el mismo cubo que se
bebía de una vez Villegas, el pobre Villegas, que
tenía el cuerpo achicharrado ya del coñac y del
aguardiente...

XXVII

El perro sarnoso

Venía, a veces, flaco y anhelante, a la casa del
huerto. El pobre andaba siempre huido, acostumbrado a los gritos y a las pedreas. Los mismos perros le

enseñaban los colmillos. Y se iba otra vez, en el sol del mediodía, lento y triste, monte abajo.

Aquella tarde, llegó detrás de Diana. Cuando yo salía, el guarda, que en un arranque de mal corazón había sacado la escopeta, disparó contra él. No tuve tiempo de evitarlo. El mísero, con el tiro en las entrañas, giró vertiginosamente un momento, en un redondo aullido agudo, y cayó muerto bajo una acacia.

Platero miraba al perro fijamente, erguida la cabeza. Diana, temerosa, andaba escondiéndose de uno en otro. El guarda, arrepentido quizás, daba largas razones no sabía a quién, indignándose sin poder, queriendo acallar su remordimiento. Un velo parecía enlutecer el sol; un velo grande, como el velo pequeñito que nubló el ojo sano del perro asesinado.

Abatidos por el viento del mar, los eucaliptos lloraban, más reciamente cada vez hacia la tormenta, en el hondo silencio aplastante que la siesta tendía por el campo aún de oro, sobre el perro muerto.

XXVIII

Remanso

Espérate, Platero... O pace un rato en ese prado tierno, si lo prefieres. Pero déjame ver a mí este remanso bello, que no veo hace tantos años...

Mira cómo el sol, pasando su agua espesa, le alumbra la honda belleza verdeoro, que los lirios de

celeste frescura de la orilla contemplan extasiados...
Son escaleras de terciopelo, bajando en repetido
laberinto; grutas mágicas con todos los aspectos
ideales que una mitología de ensueño trajese a la
desbordada imaginación de un pintor interno; jardines venustianos que hubiera creado la melancolía
permanente de una reina loca de grandes ojos
verdes; palacios en ruinas, como aquel que vi en
aquel mar de la tarde, cuando el sol poniente hería,
oblicuo, el agua baja... Y más, y más, y más; cuanto
el sueño más difícil pudiera robar, tirando a la
belleza fugitiva de su túnica infinita, al cuadro
recordado de una hora de primavera con dolor, en
un jardín de olvido que no existiera del todo... Todo
pequeñito, pero inmenso, porque parece distante;
clave de sensaciones innumerables, tesoro del mago
más viejo de la fiebre...

Este remanso, Platero, era mi corazón antes. Así
me lo sentía, bellamente envenenado, en su soledad,
de prodigiosas exuberancias detenidas... Cuando el
amor humano lo hirió, abriéndose su dique, corrió la
sangre corrompida, hasta dejarlo puro, limpio y
fácil, como el arroyo de los Llanos, Platero, en la
más abierta, dorada y caliente hora de abril.

A veces, sin embargo, una pálida mano antigua
me lo trae a su remanso de antes, verde y solitario, y
allí lo deja encantado, fuera de él, respondiendo a las
llamadas claras, «por endulzar su pena», como
Hylas a Alcides en el idilio de Chénier, que ya te he
leído, con una voz «desentendida y vana»...

XXIX

Idilio de abril

Los niños han ido con Platero al arroyo de los chopos, y ahora lo traen trotando, entre juegos sin razón y risas desproporcionadas, todo cargado de flores amarillas. Allá abajo les ha llovido —aquella nube fugaz que veló el prado verde con sus hilos de oro y plata, en los que tembló, como en una lira de llanto, el arco iris—. Y sobre la empapada lana del asnucho, las campanillas mojadas gotean todavía.

¡Idilio fresco, alegre, sentimental! ¡Hasta el rebuzno de Platero se hace tierno bajo la dulce carga llovida! De cuando en cuando, vuelve la cabeza y arranca las flores a que su bocota alcanza. Las campanillas, níveas y gualdas, le cuelgan, un momento, entre el blanco babear verdoso y luego se le van a la barrigota cinchada. ¡Quién, como tú, Platero, pudiera comer flores…, y que no le hicieran daño!

¡Tarde equívoca de abril!… Los ojos brillantes y vivos de Platero copian toda la hora de sol y lluvia, en cuyo ocaso, sobre el campo de San Juan, se ve llover, deshilachada, otra nube rosa.

XXX

El canario vuela

Un día, el canario verde, no sé cómo ni por qué, voló de su jaula. Era un canario viejo, recuerdo triste de una muerta, al que yo no había dado libertad por miedo de que se muriera de hambre o de frío, o de que se lo comieran los gatos.

Anduvo toda la mañana entre los granados del huerto, en el pino de la puerta, por las lilas. Los niños estuvieron, toda la mañana también, sentados en la galería, absortos en los breves vuelos del pajarillo amarillento. Libre, Platero, holgaba junto a los rosales, jugando con una mariposa.

A la tarde, el canario se vino al tejado de la casa grande, y allí se quedó largo tiempo, latiendo en el tibio sol que declinaba. De pronto, y sin saber nadie cómo ni por qué, apareció en la jaula, otra vez alegre.

¡Qué alborozo en el jardín! Los niños saltaban, tocando las palmas, arrebolados y rientes como auroras; Diana, loca, los seguía, ladrándole a su propia y riente campanilla; Platero, contagiado, en un oleaje de carnes de plata, igual que un chivillo, hacía corvetas, giraba sobre sus patas, en un vals tosco, y poniéndose en las manos, daba coces al aire claro y suave...

XXXI

El demonio

De pronto, con un duro y solitario trote, doblemente sucio en una alta nube de polvo, aparece, por la esquina del Transmuro, el burro. Un momento después, jadeantes, subiéndose los caídos pantalones de andrajos, que les dejan fuera las oscuras barrigas, los chiquillos, tirándole rodrigones y piedras...

Es negro, grande, viejo, huesudo —otro arcipreste—, tanto, que parece que se le va a agujerear la piel sin pelo por doquiera. Se para, y, mostrando unos dientes amarillos, como habones, rebuzna a lo alto ferozmente, con una energía que no cuadra a su desgarbada vejez... ¿Es un burro perdido? ¿No lo conoces, Platero? ¿Qué querrá? ¿De quién vendrá huyendo, con ese trote desigual y violento?

Al verlo, Platero hace cuerno, primero, ambas orejas con una sola punta, se las deja luego una en pie y otra descolgada, y se viene a mí, y quiere esconderse en la cuneta, y huir, todo a un tiempo. El burro negro pasa a su lado, le da un rozón, le tira la albarda, lo huele, rebuzna contra el muro del convento y se va trotando, Transmuro abajo...

...Es, en el calor, un momento extraño de escalofrío —¿mío, de Platero?— en el que las cosas parecen transtornadas, como si la sombra baja de un paño negro ante el sol ocultase, de pronto, la soledad deslumbradora del recodo del callejón, en donde el aire, súbitamente quieto, asfixia... Poco a poco, lo lejano nos vuelve a lo real. Se oye, arriba, el vocerío mudable de la plaza del Pescado, donde los vendedores que acaban de llegar de la Ribera exaltan sus asedías, sus salmonetes, sus brecas, sus mojarras, sus bocas; la campana de vuelta, que pregona el sermón de mañana; el pito del amolador...

Platero tiembla aún, de vez en cuando, mirándome, acoquinado, en la quietud muda en que nos hemos quedado los dos, sin saber por qué...

—Platero; yo creo que ese burro no es un burro...

Y Platero, mudo, tiembla de nuevo todo él de un solo temblor, blandamente ruidoso, y mira, huido, hacia la gavia, hosca y bajamente...

XXXII

Libertad

Llamó mi atención, perdida por las flores de la vereda, un pajarillo lleno de luz, que, sobre el húmedo prado verde, abría sin cesar su preso vuelo policromo. Nos acercamos despacio, yo delante, Platero detrás. Había por allí un bebedero umbrío, y unos muchachos traidores le tenían puesto una red a los pájaros. El triste reclamillo se levantaba hasta su pena, llamando, sin querer, a sus hermanos del cielo.

La mañana era clara, pura, traspasada de azul. Caía del pinar vecino un leve concierto de trinos exaltados, que venía y se alejaba, sin irse, en el manso y áureo viento marero que ondulaba las copas. ¡Pobre concierto inocente, tan cerca del mal corazón!

Monté en Platero, y, obligándolo con las piernas, subimos, en un agudo trote, al pinar. En llegando bajo la sombría cúpula frondosa, batí palmas, canté, grité. Platero, contagiado, rebuznaba una vez y otra, rudamente. Y los ecos respondían, hondos y sonoros, como en el fondo de un gran pozo. Los pájaros se fueron a otro pinar, cantando.

Platero, entre las lejanas maldiciones de los chiquillos violentos, rozaba su cabezota peluda contra

mi corazón, dándome las gracias, hasta lastimarme
el pecho.

XXXIII

Los húngaros

Míralos, Platero, tirados en todo su largor, como
tienden los perros cansados el mismo rabo, en el sol
de la acera.

La muchacha, estatua de fango, derramada su
abundante desnudez de cobre entre el desorden de
sus andrajos de lanas granas y verdes, arranca la
hierbaza seca a que sus manos, negras como el
fondo de un puchero, alcanzan. La chiquilla, pelos
toda, pinta en la pared, con cisco, alegorías obsce-
nas. El chiquillo se orina en su barriga como una
fuente en su taza, llorando por gusto. El hombre y el
mono se rascan, aquél la greña, murmurando, y éste
las costillas, como si tocase una guitarra.

De vez en cuando, el hombre se incorpora, se
levanta luego, se va al centro de la calle y golpea con
indolente fuerza el pandero, mirando a un balcón.
La muchacha, pateada por el chiquillo, canta, mientras jura desgarradamente, una desentonada monotonía. Y el mono, cuya cadena pesa más que él,
fuera de punto, sin razón, da una vuelta de campana
y luego se pone a buscar entre los chinos de la
cuneta uno más blando.

Las tres... El coche de la estación se va, calle
Nueva arriba. El sol, solo.

—Ahí tienes, Platero, el ideal de la familia de Amaro... Un hombre como un roble, que se rasca; una mujer, como una parra, que se echa; dos chiquillos, ella y él, para seguir la raza, y un mono, pequeño y débil como el mundo, que les da de comer a todos, cogiéndose las pulgas...

XXXIV

La novia

El claro viento del mar sube por la cuesta roja, llega al prado del cabezo, ríe entre las tiernas florecillas blancas; después, se enreda por los pinetes sin limpiar y mece, hinchándolas como velas sutiles, las encendidas telarañas celestes, rosas, de oro... Toda la tarde es ya viento marino. Y el sol y el viento ¡dan un blando bienestar al corazón!

Platero me lleva, contento, ágil, dispuesto. Se dijera que no le peso. Subimos, como si fuésemos cuesta abajo, a la colina. A lo lejos, una cinta de mar, brillante, incolora, vibra, entre los últimos pinos, en un aspecto de paisaje isleño. En los prados verdes, allá abajo, saltan los asnos trabados, de mata en mata.

Un estremecimiento sensual vaga por las cañadas. De pronto, Platero yergue las orejas, dilata las levantadas narices, replegándolas hasta los ojos y dejando ver las grandes habichuelas de sus dientes amarillos. Está respirando largamente, de los cuatro vientos, no sé qué honda esencia que debe transirle el corazón. Sí. Ahí tiene ya, en otra colina, fina y gris sobre el cielo azul, a la amada. Y dobles rebuznos, sonoros y largos, desbaratan con su trompetería la hora luminosa y caen luego en gemelas cataratas.

He tenido que contrariar los instintos amables de mi pobre Platero. La bella novia del campo lo ve pasar, triste como él, con sus ojazos de azabache cargados de estampas... ¡Inútil pregón misterioso, que ruedas brutalmente, como un instinto hecho carne libre, por las margaritas!

Y Platero trota indócil, intentando a cada instante volverse, con un reproche en su refrenado trotecillo menudo:

—Parece mentira, parece mentira, parece mentira...

XXXV

La sanguijuela

Espera. ¿Qué es eso, Platero? ¿Qué tienes?

Platero está echando sangre por la boca. Tose y va despacio, más cada vez. Comprendo todo en un momento. Al pasar esta mañana por la fuente de Pinete, Platero estuvo bebiendo en ella. Y, aunque siempre bebe en lo más claro y con los dientes cerrados, sin duda una sanguijuela se le ha agarrado a la lengua o al cielo de la boca...

—Espera, hombre. Enseña...

Le pido ayuda a Raposo, el aperador, que baja por allí del almendral, y entre los dos intentamos abrirle a Platero la boca. Pero la tiene como trabada con hormigón romano. Comprendo con pena que el pobre Platero es menos inteligente de lo que yo me figuro... Raposo coge un rodrigón gordo, lo parte en cuatro y procura atravesarle un pedazo a Platero en las quijadas... No es fácil la empresa. Platero alza la cabeza al cenit levantándose sobre las patas, huye, se revuelve... Por fin, en un momento sorprendido, el palo entra de lado en la boca de Platero. Raposo se sube en el burro y con las dos manos tira hacia atrás de los salientes del palo para que Platero no lo suelte.

Sí, allá adentro tiene, llena y negra, la sanguijuela. Con dos sarmientos hechos tijera se la arranco... Parece un costalillo de almagra o un pellejillo de vino tinto; y, contra el sol, es como el moco de un pavo irritado por un paño rojo. Para que no saque sangre a ningún burro más, la corto sobre el arroyo, que un momento tiñe de la sangre de Platero la espumela de un breve torbellino...

XXXVI

Las tres viejas

Súbete aquí en el vallado, Platero. Anda, vamos a dejar que pasen esas pobres viejas...

Deben venir de la playa o de los montes. Mira. Una es ciega y las otras dos la traen por los brazos. Vendrán a ver a don Luis, el médico, o al hospital... Mira qué despacito andan, qué cuido, qué mesura ponen las dos que ven en su acción. Parece que las tres temen a la misma muerte. ¿Ves cómo adelantan las manos cual para detener el aire mismo, apartando peligros imaginarios, con mimo absurdo, hasta las más leves ramitas en flor, Platero?

Que te caes, hombre... Oye qué lamentables palabras van diciendo. Son gitanas. Mira sus trajes pintorescos, de lunares y volantes. ¿Ves? Van a cuerpo, no caída, a pesar de la edad, su esbeltez. Renegridas, sudorosas, sucias, perdidas en el polvo con sol del mediodía, aún una flaca hermosura recia las acompaña, como un recuerdo seco y duro...

Míralas a las tres, Platero. ¡Con qué confianza llevan la vejez a la vida, penetradas por la primavera esta que hace florecer de amarillo el cardo en la vibrante dulzura de su hervoroso sol!

XXXVII

La carretilla

En el arroyo grande, que la lluvia había dilatado hasta la viña, nos encontramos, atascada, una vieja carretilla, perdida toda bajo su carga de hierba y de naranjas. Una niña, rota y sucia, lloraba sobre una rueda, queriendo ayudar con el empuje de su pechillo en flor al borricuelo, más pequeño ¡ay! y más flaco que Platero. Y el borriquillo se despechaba contra el viento, intentando, inútilmente, arrancar del fango la carreta, al grito sollozante de la chiquilla. Era vano su esfuerzo, como el de los niños valientes, como el vuelo de esas brisas cansadas del verano que se caen, en un desmayo, entre las flores.

Acaricié a Platero y, como pude, lo enganché a la carretilla, delante del borrico miserable. Le obligué, entonces, con un cariñoso imperio, y Platero, de un tirón, sacó carretilla y rucio del atolladero, y les subió la cuesta.

¡Qué sonreír el de la chiquilla! Fue como si el sol de la tarde, que se quebraba, al ponerse entre las nubes de agua, en amarillos cristales, le encendiese una aurora tras sus tiznadas lágrimas.

Con su llorosa alegría, me ofreció dos escogidas naranjas, finas, pesadas, redondas. Las tomé, agradecido, y le di una al borriquillo débil, como dulce consuelo; otra a Platero, como premio áureo.

XXXVIII

El pan

Te he dicho, Platero, que el alma de Moguer es el vino, ¿verdad? No; el alma de Moguer es el pan. Moguer es igual que un pan de trigo, blanco por dentro, como el migajón, y dorado en torno —¡oh sol moreno!— como la blanda corteza.

A mediodía, cuando el sol quema más, el pueblo entero empieza a humear y a oler a pino y a pan calentito. A todo el pueblo se le abre la boca. Es como una gran boca que come un gran pan. El pan se entra en todo: en el aceite, en el gazpacho, en el queso y la uva, para dar sabor a beso, en el vino, en el caldo, en el jamón, en él mismo, pan con pan. También solo, como la esperanza, o con una ilusión...

Los panaderos llegan trotando en sus caballos, se paran en cada puerta entornada, tocan las palmas y gritan: «¡El panaderooo!»... Se oye el duro ruido tierno de los cuarterones que, al caer en los canastos que brazos desnudos levantan, chocan con los bollos, de las hogazas con las roscas...

Y los niños pobres llaman, al punto, a las campanillas de las cancelas o a los picaportes de los portones, y lloran largamente hacia adentro: ¡Un poquiiito de paaan!...

XXXIX

Aglae

¡Qué reguapo estás hoy, Platero! Ven aquí... ¡Buen jaleo te ha dado esta mañana la Macaria! Todo lo que es blanco y todo lo que es negro en ti luce y resalta como el día y como la noche después de la lluvia. ¡Qué guapo estás, Platero!

Platero, avergonzado un poco de verse así, viene a mí, lento, mojado aún de su baño, tan limpio que parece una muchacha desnuda. La cara se le ha aclarado, igual que un alba, y en ella sus ojos grandes destellan vivos, como si la más joven de las Gracias le hubiera prestado ardor y brillantez.

Se lo digo, y en un súbito entusiasmo fraternal, le cojo la cabeza, se la revuelvo en cariñoso apretón, le hago cosquillas... El, bajos los ojos, se defiende blandamente con las orejas, sin irse, o se liberta, en breve correr, para pararse de nuevo en seco, como un perrillo juguetón.

—¡Qué guapo estás, hombre! —le repito.

Y Platero, lo mismo que un niño pobre que estrenara un traje, corre tímido, hablándome, mirándome en su huida con el regocijo de las orejas, y se queda, haciendo que come unas campanillas coloradas, en la puerta de la cuadra.

Aglae, la donadora de bondad y de hermosura, apoyada en el peral que ostenta triple copa de hojas, de peras y de gorriones, mira la escena sonriendo, casi invisible en la trasparencia del sol matinal.

XL

El pino de la Corona

Dondequiera que paro, Platero, me parece que paro bajo el pino de la Corona. A dondequiera que llego —ciudad, amor, gloria— me parece que llego a su plenitud verde y derramada bajo el gran cielo azul de nubes blancas. El es faro rotundo y claro en los mares difíciles de mi sueño, como lo es de los marineros de Moguer en las tormentas de la barra; segura cima de mis días difíciles, en lo alto de su cuesta roja y agria, que toman los mendigos, camino de Sanlúcar.

¡Qué fuerte me siento siempre que reposo bajo su

recuerdo! Es lo único que no ha dejado, al crecer yo, de ser grande, lo único que ha sido mayor cada vez. Cuando le cortaron aquella rama que el huracán le tronchó, me pareció que me habían arrancado un miembro; y, a veces, cuando cualquier dolor me coge de improviso, me parece que le duele al pino de la Corona.

La palabra magno le cuadra como al mar, como al cielo y como a mi corazón. A su sombra, mirando las nubes, han descansado razas y razas por siglos, como sobre el agua, bajo el cielo y en la nostalgia de mi corazón. Cuando, en el descuido de mis pensamientos, las imágenes arbitrarias se colocan donde quieren, o en esos instantes en que hay cosas que se ven cual en una visión segunda y a un lado de lo distinto, el pino de la Corona, transfigurado en no sé qué cuadro de eternidad, se me presenta, más rumoroso y más gigante aún, en la duda, llamándome a descansar a su paz, como el término verdadero y eterno de mi viaje por la vida.

XLI

Darbón

Darbón, el médico de Platero, es grande como el buey pío, rojo como una sandía. Pesa once arrobas. Cuenta, según él, tres duros de edad.

Cuando habla, le faltan notas, cual a los pianos viejos; otras veces, en lugar de palabra, le sale un escape de aire. Y estas pifias llevan un acompaña-

miento de inclinaciones de cabeza, de manotadas
ponderativas, de vacilaciones chochas, de quejum-
bres de garganta y salivas en el pañuelo, que no hay
más que pedir. Un amable concierto para antes de la
cena.

No le queda muela ni diente, y casi sólo come
migajón de pan, que ablanda primero en la mano.
Hace una bola y ¡a la boca roja! Allí la tiene,
revolviéndola, una hora. Luego, otra bola, y otra.
Masca con las encías, y la barba le llega, entonces, a
la aguileña nariz.

Digo que es grande como el buey pío. En la puerta
del banco, tapa la casa. Pero se enternece, igual que
un niño, con Platero. Y si ve una flor o un pajarillo,
se ríe de pronto, abriendo toda su boca, con una
gran risa sostenida, cuya velocidad y duración él no
puede regular, y que acaba siempre en llanto. Luego,
ya sereno, mira largamente del lado del cementerio
viejo:

—Mi niña, mi pobrecita niña...

XLII

El niño y el agua

En la sequedad estéril y abrasada de sol del gran
corralón polvoriento que, por despacio que se pise,
lo llena a uno hasta los ojos de su blanco polvo
cernido, el niño está con la fuente, en grupo franco y
risueño, cada uno con su alma. Aunque no hay un
solo árbol, el corazón se llena, llegando, de un

nombre, que los ojos repiten escrito en el cielo azul
Prusia con grandes letras de luz: Oasis.

Ya la mañana tiene calor de siesta y la chicharra
sierra su olivo, en el corral de San Francisco. El sol le
da al niño en la cabeza; pero él, absorto en el agua,
no lo siente. Echado en el suelo, tiene la mano bajo
el chorro vivo, y el agua le pone en la palma un
tembloroso palacio de frescura y de gracia que sus
ojos negros contemplan arrobados. Habla solo,
sorbe su nariz, se rasca aquí y allá entre sus harapos,
con la otra mano. El palacio, igual siempre y
renovado a cada instante, vacila a veces. Y el niño se
recoge entonces, se aprieta, se sume en sí, para que
ni ese latido de la sangre que cambia, con un cristal
movido solo, la imagen tan sensible de un calidoscopio, le robe al agua la sorprendida forma primera.

Platero, no sé si entenderás o no lo que te digo:
pero ese niño tiene en su mano mi alma.

XLIII

Amistad

Nos entendemos bien. Yo le dejo ir a su antojo, y
él me lleva siempre adonde quiero.

Sabe Platero que, al llegar al pino de la Corona,
me gusta acercarme a su tronco y acariciárselo, y
mirar el cielo al través de su enorme y clara copa;
sabe que me deleita la veredilla que va, entre
céspedes, a la Fuente vieja; que es para mí una fiesta
ver el río desde la colina de los pinos, evocadora,

con su bosquecillo alto, de parajes clásicos. Como
me adormile, seguro, sobre él, mi despertar se abre
siempre a uno de tales amables espectáculos.

Yo trato a Platero cual si fuese un niño. Si el
camino se torna fragoso y le pesa un poco, me bajo
para aliviarlo. Lo beso, lo engaño, lo hago rabiar...
El comprende bien que lo quiero, y no me guarda
rencor. Es tan igual a mí, tan diferente a los demás,
que he llegado a creer que sueña mis propios sueños.

Platero se me ha rendido como una adolescente
apasionada. De nada protesta. Sé que soy su felicidad. Hasta huye de los burros y de los hombres...

XLIV

La arrulladora

La chiquilla del carbonero, bonita y sucia cual una
moneda, bruñidos los negros ojos y reventando
sangre los labios prietos entre la tizne, está a la
puerte de la choza, sentada en una teja, durmiendo
al hermanito.

Vibra la hora de mayo, ardiente y clara como un
sol por dentro. En la paz brillante, se oye el hervor
de la olla que cuece en el campo, la brama de la
dehesa de los Caballos, la alegría del viento del mar
en la maraña de los eucaliptos.

Sentida y dulce, la carbonera canta:

>   Mi niiiño se va a dormiii
>   en graaasia de la Pajtoraaa...

Pausa. El viento en las copas...

>...y pooor dormirse mi niñooo,
>se duerme la arrulladoraaa...

El viento... Platero, que anda, manso, entre los
pinos quemados, se llega, poco a poco... Luego se
echa en la tierra fosca y, a la larga copla de madre,
se adormila, igual que un niño.

XLV

El árbol del corral

Este árbol, Platero, esta acacia que yo mismo
sembré, verde llama que fue creciendo, primavera
tras primavera, y que ahora mismo nos cubre con su
abundante y franca hoja pasada de sol poniente, era,
mientras viví en esta casa, hoy cerrada, el mejor
sostén de mi poesía. Cualquier rama suya, engalana-
da de esmeralda por abril o de oro por octubre,
refrescaba, sólo con mirarla un punto, mi frente,
como la mano más pura de una musa. ¡Qué fina,
qué grácil, qué bonita era!

Hoy, Platero, es dueña casi de todo el corral. ¡Qué
basta se ha puesto! No sé si se acordará de mí. A mí
me parece otra. En todo este tiempo en que la tenía
olvidada, igual que si no existiese, la primavera la ha
ido formando, año tras año, a su capricho, fuera del
agrado de mi sentimiento.

Nada me dice hoy, a pesar de ser árbol, y árbol

puesto por mí. Un árbol cualquiera que por primera vez acariciamos, nos llena, Platero, de sentido el corazón. Un árbol que hemos amado tanto, que tanto hemos conocido, no nos dice nada vuelto a ver, Platero. Es triste; mas es inútil decir más. No, no puedo mirar ya en esta fusión de la acacia y el ocaso, mi lira colgada. La rama graciosa no me trae el verso, ni la iluminación interna de la copa el pensamiento. Y aquí, adonde tantas veces vine de la vida, con una ilusión de soledad musical, fresca y olorosa, estoy mal, y tengo frío, y quiero irme, como entonces del casino, de la botica o del teatro, Platero.

XLVI

La tísica

Estaba derecha en una triste silla, blanca la cara y mate, cual un nardo ajado, en medio de la encalada y fría alcoba. Le había mandado el médico salir al campo, a que le diera el sol de aquel mayo helado; pero la pobre no podía.

—Cuando yego ar puente —me dijo—, ¡ya v'usté, zeñorito, ahí ar lado que ejtá!, m'ahogo...

La voz pueril, delgada y rota, se le caía, cansada, como se cae, a veces, la brisa en el estío.

Yo le ofrecí a Platero para que diese un paseíto. Subida en él, ¡qué risa la de su aguda cara de muerta, toda ojos negros y dientes blancos!

...Se asomaban las mujeres à las puertas a vernos

pasar. Iba Platero despacio, como sabiendo que llevaba encima un frágil lirio de cristal fino. La niña, con su hábito cándido de la Virgen de Montemayor, lazado de grana, transfigurada por la fiebre y la esperanza, parecía un ángel que cruzaba el pueblo, camino del cielo del sur.

XLVII
El Rocío

Platero —le dije—; vamos a esperar las Carretas. Traen el rumor del lejano bosque de Doñana, el misterio del pinar de las Ánimas, la frescura de las Madres y de los dos Frenos, el olor de la Rocina...

Me lo llevé, guapo y lujoso, a que piropeara a las muchachas por la calle de la Fuente, en cuyos bajos aleros de cal se moría, en una vaga cinta rosa, el vacilante sol de la tarde. Luego nos pusimos en el vallado de los Hornos, desde donde se ve todo el camino de los Llanos.

Venían ya, cuesta arriba, las Carretas. La suave llovizna de los Rocíos caía sobre las viñas verdes, de una pasajera nube malva. Pero la gente no levantaba siquiera los ojos al agua.

Pasaron, primero, en burros, mulas y caballos ataviados a la moruna y la crin trenzada, las alegres parejas de novios, ellos alegres, valientes ellas. El rico y vivo tropel iba, volvía, se alcanzaba incesantemente en una locura sin sentido. Seguía luego el carro de los borrachos, estrepitoso, agrio y trastornado. Detrás, las carretas, como lechos, colgadas de blanco, con las muchachas, morenas, duras y floridas, sentadas bajo el dosel, repicando panderetas y chillando sevillanas. Más caballos, más burros... Y el mayordomo —¡Viva la Virgen del Rocíoooo! ¡Vivaaaaa!— calvo, seco y rojo, el sombrero ancho a la espalda y la vara de oro descansada en el estribo. Al fin, mansamente tirado por dos grandes bueyes píos, que parecían obispos con sus frontales de colorines y espejos, en los que chispeaba el trastorno del sol mojado, cabeceando con la desigual tirada de la yunta, el Sin Pecado, amatista y de plata en su carro blanco, todo en flor, como un cargado jardín mustio.

Se oía ya la música, ahogada entre el campaneo y los cohetes negros y el duro herir de los cascos herrados en las piedras...

Platero, entonces, dobló sus manos, y, como una mujer, se arrodilló —¡una habilidad suya!—, blando, humilde y consentido.

XLVIII

Ronsard

Libre ya Platero del cabestro, y paciendo entre las castas margaritas del pradecillo, me he echado yo bajo un pino, he sacado de la alforja moruna un breve libro, y, abriéndolo por una señal, me he puesto a leer en alta voz:

Comme on voit sur la branche au mois de mai la rose
En sa belle jeunesse, en sa première fleur,
Rendre le ciel jaloux de...

Arriba, por las ramas últimas, salta y pía un leve pajarillo, que el sol hace, cual toda la verde cima suspirante, de oro. Entre vuelo y gorjeo, se oye el partirse de las semillas que el pájaro se está almorzando.

...jaloux de sa vive couleur...

Una cosa enorme y tibia avanza, de pronto, como una proa viva, sobre mi hombro... Es Platero, que, sugestionado, sin duda, por la lira de Orfeo, viene a leer conmigo. Leemos:

...vive couleur,
Quand l'aube de ses pleurs au point du jour l'a...

Pero el pajarillo, que debe digerir aprisa, tapa la palabra con una nota falsa.

Ronsard, olvidado un instante de su soneto *«Quand en songeant ma follatre j'accolle»...*, se debe haber reído en el infierno.

XLIX

El tío de las vistas

De pronto, sin matices, rompe el silencio de la calle el seco redoble de un tamborcillo. Luego, una voz cascada tiembla un pregón jadeoso y largo. Se oyen carreras, calle abajo... Los chiquillos gritan: ¡El tío de las vistas! ¡Las vistas! ¡Las vistas!

En la esquina, una pequeña caja verde con cuatro banderitas rosas, espera sobre su catrecillo, la lente al sol. El viejo toca y toca el tambor. Un grupo de chiquillos sin dinero, las manos en el bolsillo o a la espalda, rodean, mudos, la cajita. A poco, llega otro corriendo, con su perra en la palma de la mano. Se adelanta, pone sus ojos en la lente...

—¡Ahooora se verá... al general Prim... en su caballo blancoooo! —dice el viejo forastero con fastidio, y toca el tambor.

—¡El puerto... de Barcelonaaaa...! —Y más redoble.

Otros niños van llegando con su perra lista, y la adelantan al punto al viejo, mirándolo absortos, dispuestos a comprar su fantasía. El viejo dice:

—¡Ahooora se verá... el castillo de la Habanaaaa! —Y toca el tambor...

Platero, que se ha ido con la niña y el perro de enfrente a ver las vistas, mete su cabezota por entre las de los niños, por jugar. El viejo, con un súbito buen humor, le dice: ¡Venga tu perra!

Y los niños sin dinero se ríen todos sin ganas, mirando al viejo con una humilde solicitud aduladora...

L

La flor del camino

¡Qué pura, Platero, y qué bella esta flor del camino! Pasan a su lado todos los tropeles —los toros, las cabras, los potros, los hombres—, y ella, tan tierna y tan débil, sigue enhiesta, malva y fina, en su vallado sólo, sin contaminarse de impureza alguna.

Cada día, cuando, al empezar la cuesta, tomamos el atajo, tú la has visto en su puesto verde. Ya tiene a su lado un pajarillo, que se levanta —¿por qué?— al acercarnos; o está llena, cual una breve copa, del agua clara de una nube de verano; ya consiente el robo de una abeja o el voluble adorno de una mariposa.

Está flor vivirá pocos días, Platero, aunque su recuerdo podrá ser eterno. Será su vivir como un día de tu primavera, como una primavera de mi vida... ¿Qué le diera yo al otoño, Platero, a cambio de esta flor divina, para que ella fuese, diariamente, el ejemplo sencillo y sin término de la nuestra?

LI

Lord

No sé si tú, Platero, sabrás ver una fotografía. Yo se las he enseñado a algunos hombres del campo y no veían nada en ellas. Pues éste es *Lord,* Platero, el perrillo *fox-terrier* de que a veces te he hablado. Míralo. Está, ¿lo ves?, en un cojín de los del patio de mármol, tomando, entre las macetas de geranios, el sol de invierno.

¡Pobre *Lord*! Vino de Sevilla cuando yo estaba allí pintando. Era blanco, casi incoloro de tanta luz, pleno como un muslo de dama, redondo e impetuoso como el agua en la boca de un caño. Aquí y allá, mariposas posadas, unos toques negros. Sus ojos brillantes eran dos breves inmensidades de sentimientos de nobleza. Tenía vena de loco. A veces, sin razón, se ponía a dar vueltas vertiginosas entre las azucenas del patio de mármol, que en mayo lo adornan todo, rojas, azules, amarillas de los cristales traspasados de sol de la montera, como los palomos que pinta don Camilo... Otras se subía a los tejados y promovía un alboroto piador en los nidos de los aviones... La Macaria lo enjabonaba cada mañana y estaba tan radiante siempre como las almenas de la azotea sobre el cielo azul, Platero.

Cuando se murió mi padre, pasó toda la noche velándolo junto a la caja. Una vez que mi madre se puso mala, se echó a los pies de su cama y allí se pasó un mes sin comer ni beber... Vinieron a decir un día a mi casa que un perro rabioso lo había mordido... Hubo que llevarlo a la bodega del Castillo y atarlo allí al naranjo, fuera de la gente.

La mirada que dejó atrás por la callejilla cuando se lo llevaban, sigue agujereando mi corazón como entonces, Platero, igual que la luz de una estrella muerta, viva siempre, sobrepasando su nada con la exaltada intensidad de su doloroso sentimiento... Cada vez que un sufrimiento material me punza el

corazón, surge ante mí, larga como la vereda de la
vida a la eternidad, digo, del arroyo al pino de la
Corona, la mirada que *Lord* dejó en él para siempre
cual una huella macerada.

LII
El pozo

¡El pozo!... Platero, ¡qué palabra tan honda, tan
verdinegra, tan fresca, tan sonora! Parece que es la
palabra la que taladra, girando, la tierra oscura,
hasta llegar al agua fría.

Mira: la higuera adorna y desbarata el brocal.
Dentro, al alcance de la mano, ha abierto, entre los
ladrillos con verdín, una flor azul de olor penetrante.
Una golondrina tiene, más abajo, el nido. Luego,
tras un pórtico de sombra yerta, hay un palacio de
esmeralda, y un lago, que, al arrojarle una piedra a
su quietud, se enfada y gruñe. Y el cielo, al fin.

(La noche entra, y la luna se inflama allá en el
fondo, adornada de volubles estrellas. ¡Silencio! Por
los caminos se ha ido la vida a lo lejos. Por el pozo
se escapa el alma a lo hondo. Se ve por él como el
otro lado del crepúsculo. Y parece que va a salir de
su boca el gigante de la noche, dueño de todos los
secretos del mundo. ¡Oh laberinto quieto y mágico,
parque umbrío y fragante, magnético salón encantado!)

—Platero, si algún día me echo a este pozo, no

será por matarme, créelo, sino por coger más pronto las estrellas.

Platero rebuzna, sediento y anhelante. Del pozo sale, asustada, revuelta y silenciosa, una golondrina.

LIII
Albérchigos

Por el callejón de la Sal, que retuerce su breve estrechez, violeta de cal con sol y cielo azul, hasta la torre, tapa de su fin, negra y desconchada de esta parte del sur por el constante golpe del viento de la mar, lentos, vienen niño y burro. El niño, hombrecito enanillo y recortado, más chico que su caído sombrero ancho, se mete en su fantástico corazón serrano que le da coplas y coplas bajas:

> ...con grandej fatiguiiiyaaa
> yo je lo pedíaaa...

Suelto, el burro mordisquea la escasa hierba sucia del callejón, levemente abatido por la carguilla de albérchigos. De vez en cuando, el chiquillo, como si tornara un punto a la calle verdadera, se para en seco, abre y aprieta sus desnudas piernecillas terrosas, como para cogerle fuerza, en la tierra, y, ahuecando la voz con la mano, canta duramente, con una voz en la que torna a ser niño en la *e*:

—¡Albéeerchigooo!...

Luego, cual si la venta le importase un bledo

—como dice el padre Díaz—, torna a su ensimisma-
do canturreo gitano:

> ...yo a ti no te cuurpooo,
> ni te curparíaaa...

Y le da varazos a las piedras, sin saberlo...

Huele a pan calentito y a pino quemado. Una
brisa tarda conmueve levemente la calleja. Canta la
súbita campanada gorda que corona las tres, con su
adornillo de la campana chica. Luego un repique,
nuncio de fiesta, ahoga en su torrente el rumor de la
corneta y los cascabeles del coche de la estación, que
parte, pueblo arriba, el silencio, que se había dormi-
do. Y el aire trae sobre los tejados un mar ilusorio en
su olorosa, movida y refulgente cristalidad, un mar
sin nadie también, aburrido de sus olas iguales en su
solitario esplendor.

El chiquillo torna a su parada, a su despertar y a
su grito:

—¡Albéeerchigooo!...

Platero no quiere andar. Mira y mira al niño y
husmea y topa a su burro. Y ambos rucios se
entienden en no sé qué movimiento gemelo de
cabezas, que recuerda, un punto, el de los osos
blancos...

—Bueno, Platero; yo le digo al niño que me dé su
burro, y tú te irás con él y serás un vendedor de
albérchigos..., ¡ea!

LIV

La coz

Íbamos, cortijo de Montemayor, al herradero de los novillos. El patio empedrado, ombrío bajo el inmenso y ardiente cielo azul de la tardecita, vibraba sonoro del relinchar de los alegres caballos pujantes, del reír fresco de las mujeres, de los afilados ladridos inquietos de los perros. Platero, en un rincón, se impacientaba.

—Pero, hombre —le dije—, si tú no puedes venir con nosotros; si eres muy chico...

Se ponía tan loco, que le pedí al Tonto que se subiera en él y lo llevara con nosotros.

...Por el campo claro, ¡qué alegre cabalgar! Estaban las marismas risueñas, ceñidas de oro, con el sol en sus espejos rotos, que doblaban los molinos cerrados. Entre el redondo trote duro de los caballos, Platero alzaba su raudo trotecillo agudo, que necesitaba multiplicar insistentemente, como el tren de Ríotinto su rodar menudo, para no quedarse solo con el Tonto en el camino. De pronto, sonó como un tiro de pistola. Platero le había rozado la grupa a un fino potro tordo con su boca, y el potro le había respondido con una rápida coz. Nadie hizo caso, pero yo le vi a Platero una mano corrida de sangre. Eché pie a tierra y, con una espina y una crin, le prendí la vena rota. Luego le dije al Tonto que se lo llevara a casa.

Se fueron los dos, lentos y tristes, por el arroyo seco que baja del pueblo, tornando la cabeza al brillante huir de nuestro tropel...

Cuando, de vuelta del cortijo, fui a ver a Platero, me lo encontré mustio y doloroso.

—¿Ves —le suspiré— que tú no puedes ir a ninguna parte con los hombres?

LV

Asnografía

Leo en un Diccionario: *Asnografía: s. f., se dice, irónicamente, por descripción del asno.*

¡Pobre asno! ¡Tan bueno, tan noble, tan agudo como eres! Irónicamente... ¿Por qué? ¿Ni una descripción seria mereces, tú, cuya descripción cierta sería un cuento de primavera? ¡Si al hombre que es bueno debieran decirle asno! ¡Si al asno que es malo debieran decirle hombre! Irónicamente... De ti, tan intelectual, amigo del viejo y del niño, del arroyo y de la mariposa, del sol y del perro, de la flor y de la luna, paciente y reflexivo, melancólico y amable, Marco Aurelio de los prados...

Platero, que sin duda comprende, me mira fijamente con sus ojazos lucientes, de una blanda dureza, en los que el sol brilla, pequeñito y chispeante en un breve y convexo firmamento verdinegro. ¡Ay! ¡Si su peluda cabezota idílica supiera que yo le hago justicia, que yo soy mejor que esos hombres que escriben Diccionarios, casi tan bueno como él!

Y he puesto al margen del libro: *Asnografía: s. f., se debe decir, con ironía, ¡claro está!, por descripción del hombre imbécil que escribe Diccionarios.*

LVI

Corpus

Entrando por la calle de la Fuente de vuelta del huerto, las campanas, que ya habíamos oído tres veces desde los Arroyos, conmueven, con su pregonera coronación de bronce, el blanco pueblo. Su repique voltea y voltea entre el chispeante y estruendoso subir de los cohetes, negros en el día, y la chillona metalería de la música.

La calle, recién encalada y ribeteada de almagra, verdea toda, vestida de chopos y juncias. Lucen las ventanas colchas de damasco granate, de percal amarillo, de celeste raso, y, donde hay luto, de lana cándida, con cintas negras. Por las últimas casas, en la vuelta del Porche, aparece, tarda, la Cruz de los espejos, que, entre los destellos del poniente, recoge ya la luz de los cirios rojos que lo gotean todo de rosa. Lentamente, pasa la procesión. La bandera carmín, y San Roque, Patrón de los panaderos, cargado de tiernas roscas; la bandera glauca, y San Telmo, Patrón de los marineros, con su navío de plata en las manos; la bandera gualda, y San Isidro, Patrón de los labradores, con su yuntita de bueyes; y más banderas de más colores, y más Santos, y luego, Santa Ana, dando lección a la Virgen niña, y San José, pardo, y la Inmaculada, azul... Al fin, entre la guardia civil, la Custodia, ornada de espigas granadas y de esmeraldinas uvas agraces su calada platería, despaciosa en su nube celeste de incienso.

En la tarde que cae, se alza, limpio, el latín andaluz de los salmos. El sol, ya rosa, quiebra su rayo bajo, que viene por la calle del Río, en la cargazón de oro viejo de las dalmáticas y las capas pluviales. Arriba, en derredor de la torre escarlata, sobre el ópalo terso de la hora serena de junio, las palomas tejen sus altas guirnaldas de nieve encendida...

Platero, en aquel hueco de silencio, rebuzna. Y su mansedumbre se asocia, con la campana, con el cohete, con el latín y con la música de Modesto, que tornan al punto, al claro misterio del día; y el rebuzno se le endulza, altivo, y, rastrero, se le diviniza...

LVII

Paseo

Por los hondos caminos del estío, colgados de tiernas ¡madreselvas!, ¡cuán dulcemente vamos! Yo leo, o canto, o digo versos al cielo. Platero mordisquea la hierba escasa de los vallados en sombra, la flor empolvada de las malvas, las vinagreras amarillas. Está parado más tiempo que andando. Yo lo dejo...

El cielo azul, azul, azul, asaeteado de mis ojos en arrobamiento, se levanta, sobre los almendros cargados, a sus últimas glorias. Todo el campo, silencioso y ardiente, brilla. En el río, una velita blanca se eterniza, sin viento. Hacia los montes, la compacta humareda de un incendio hincha sus redondas nubes negras.

Pero nuestro caminar es bien corto. Es como un día suave e indefenso, en medio de la vida múltiple. ¡Ni la apoteosis del cielo, ni el ultramar a que va el río, ni siquiera la tragedia de las llamas!

Cuando, entre un olor a naranjas, se oye el hierro alegre y fresco de la noria, Platero rebuzna y retoza alegremente. ¡Qué sencillo placer diario! Ya en la alberca, yo lleno mi vaso y bebo aquella nieve líquida. Platero sume en el agua umbría su boca, y bebotea, aquí y allá, en lo más limpio, avaramente...

LVIII

Los gallos

No sé a qué comparar el malestar aquel, Platero... Una agudeza grana y oro que no tenía el encanto de la bandera de nuestra patria sobre el mar o sobre el cielo azul... Sí. Tal vez una bandera española sobre el cielo azul de una plaza de toros... mudéjar... como las estaciones de Huelva a Sevilla. Rojo y amarillo de disgusto, como en los libros de Galdós, en las muestras de los estancos, en los cuadros malos de la otra guerra de Africa... Un malestar como el que me dieron siempre las barajas de naipes finos con los hierros de los ganaderos en los oros, los cromos de las cajas de tabacos y de las cajas de pasas, las etiquetas de las botellas de vino, los premios del colegio del Puerto, las estampitas de chocolate...

¿A qué iba yo allí o quién me llevaba? Me parecía

el mediodía de invierno caliente, como un cornetín de la banda de Modesto... Olía a vino nuevo, a chorizo en regüeldo, a tabaco... Estaba el diputado, con el alcalde y el Litri, ese torero gordo y lustroso de Huelva... La plaza del reñidero era pequeña y verde; y la limitaban, desbordando sobre el aro de madera, caras congestionadas, como vísceras de vaca en carro o de cerdo en matanza, cuyos ojos sacaba el calor, el vino y el empuje de la carnaza del corazón chocarrero. Los gritos salían de los ojos... Hacía calor y todo —¡tan pequeño: un mundo de gallos!— estaba cerrado.

Y en el rayo ancho del alto sol, que atravesaban sin cesar, dibujándolo como un cristal turbio, nubaradas de lentos humos azules, los pobres gallos ingleses, dos monstruosas y agrias flores carmines, se despedazaban, cogiéndose los ojos, clavándose, en saltos iguales, los odios de los hombres, rajándose del todo con los espolones con limón... o con veneno. No hacían ruido alguno, ni veían, ni estaban allí siquiera...

Pero y yo, ¿por qué estaba allí, y tan mal? No sé... De vez en cuando, miraba con infinita nostalgia, por una lona rota que, trémula en el aire, me parecía la vela de un bote de la Ribera, un naranjo sano que en el sol puro de fuera aromaba el aire con su carga blanca de azahar... ¡Qué bien —perfumaba mi alma— ser naranjo en flor, ser viento puro, ser sol alto!

...Y, sin embargo, no me iba...

LIX

Anochecer

En el recogimiento pacífico y rendido de los crepúsculos del pueblo, ¡qué poesía cobra la adivinación de lo lejano, el confuso recuerdo de lo apenas conocido! Es un encanto contagioso que retiene todo el pueblo como enclavado en la cruz de un triste y largo pensamiento.

Hay un olor al nutrido grano limpio que, bajo las frescas estrellas, amontona en las eras sus vagas colinas —¡oh Salomón!— tiernas y amarillentas. Los trabajadores canturrean por lo bajo, en un soñoliento cansancio. Sentadas en los zaguanes, las viudas piensan en los muertos, que duermen tan cerca, detrás de los corrales. Los niños corren, de una sombra a otra, como vuelan de un árbol a otro los pájaros...

Acaso, entre la luz ombría que perdura en las fachadas de cal de las casas humildes, que ya empiezan a enrojecer las farolas de petróleo, pasan vagas siluetas terrosas, calladas, dolientes —un mendigo nuevo, un portugués que va hacia las rozas, un ladrón acaso—, que contrastan, en su oscura apariencia medrosa, con la mansedumbre que el crepúsculo malva, lento y místico, pone en las cosas conocidas... Los chiquillos se alejan, y en el misterio de las puertas sin luz, se habla de unos hombres que «sacan el unto a lo niños para curar a la hija del rey, que está hética»...

LX
El sello

Aquél tenía la forma de un reloj, Platero. Se abría la cajita de plata y aparecía, apretado contra el paño de tinta morada, como un pájaro en su nido. ¡Qué ilusión cuando, después de oprimirlo un momento contra la palma blanca, fina y malva de mi mano, aparecía en ella la estampilla:

FRANCISCO RUIZ
MOGUER!

¡Cuánto soñé yo con aquel sello de mi amigo del colegio de don Carlos! Con una imprentilla que me encontré arriba, en el escritorio viejo de mi casa, intenté formar uno con mi nombre. Pero no quedaba bien, y, sobre todo, era difícil la impresión. No era como el otro, que con tal facilidad dejaba, aquí y allá, en un libro, en la pared, en la carne, su letrero:

FRANCISCO RUIZ
MOGUER.

Un día vino a mi casa, con Arias, el platero de Sevilla, un viajante de escritorio. ¡Qué embeleso de reglas, de compases, de tintas de colores, de sellos! Los había de todas las formas y tamaños. Yo rompí mi alcancía, y con un duro que me encontré, encargué un sello con mi nombre y pueblo. ¡Qué larga semana aquélla! ¡Qué latirme el corazón cuando llegaba el coche del correo! ¡Qué sudor triste cuando se alejaban, en la lluvia, los pasos del cartero! Al fin, una noche, me lo trajo. Era un breve aparato complicado, con lápiz, pluma, iniciales para lacre..., ¡qué sé yo! Y dando a un resorte, aparecía la estampilla, nuevecita, flamante.

¿Quedó algo por sellar en mi casa? ¿Que no era mío? Si otro me pedía el sello —¡cuidado, que se va a gastar!—, ¡qué angustia! Al día siguiente, ¡con qué prisa alegre llevé al colegio todo, libros, blusa, sombrero, botas, manos, con el letrero:

JUAN RAMÓN JIMÉNEZ
MOGUER!

LXI

La perra parida

La perra de que te hablo, Platero, es la de Lobato, el tirador. Tú la conoces bien, porque la hemos encontrado muchas veces por el camino de los Llanos... ¿Te acuerdas? Aquella dorada y blanca, como un poniente anubarrado de mayo... Parió cuatro perritos, y Salud, la lechera, se los llevó a su choza de las Madres, porque se le estaba muriendo un niño, y don Luis le había dicho que le diera caldo de perritos. Tú sabes bien lo que hay de la casa de Lobato al puente de las Madres, por la pasada de las Tablas...

Platero, dicen que la perra anduvo como loca todo aquel día, entrando y saliendo, asomándose a los caminos, encaramándose en los vallados, oliendo a la gente... Todavía a la oración la vieron, junto a la casilla del celador, en los Hornos, aullando tristemente sobre unos sacos de carbón contra el ocaso.

Tú sabes bien lo que hay de la calle de Enmedio a la pasada de las Tablas... Cuatro veces fue y vino la perra durante la noche, y cada una se trajo a un perrito en la boca, Platero. Y al amanecer, cuando Lobato abrió su puerta, estaba la perra en el umbral mirando dulcemente a su amo, con todos los perritos agarrados, en torpe temblor, a sus tetillas rosadas y llenas...

LXII

Ella y nosotros

Platero; acaso ella se iba —¿adónde?— en aquel tren negro y soleado que, por la vía alta, cortándose sobre los nubarrones blancos, huía hacia el norte.

Yo estaba abajo, contigo, en el trigo amarillo y ondeante, goteado todo de sangre de amapolas a las que ya julio ponía la coronita de ceniza. Y las nubecillas de vapor celeste —¿te acuerdas?— entristecían un momento el sol y las flores, rodando vanamente hacia la nada...

¡Breve cabeza rubia, velada de negro!... Era como el retrato de la ilusión en el marco fugaz de la ventanilla.

Tal vez ella pensara: «¿Quiénes serán ese hombre enlutado y ese burrillo de plata?»

¡Quiénes habíamos de ser! Nosotros..., ¿verdad, Platero?

LXIII

Gorriones

La mañana de Santiago está nublada de blanco y gris, como guardada en algodón. Todos se han ido a misa. Nos hemos quedado en el jardín los gorriones, Platero y yo.

¡Los gorriones! Bajo las redondas nubes, que, a veces, llueven unas gotas finas, ¡cómo entran y salen en la enredadera, cómo chillan, cómo se cogen de los picos! Este cae sobre una rama, se va y la deja temblando; el otro se bebe un poquito de cielo en un charquillo del brocal del pozo; aquél ha saltado al tejadillo del alpende, lleno de flores casi secas, que el día pardo aviva.

¡Benditos pájaros, sin fiesta fija! Con la libre monotonía de lo nativo, de lo verdadero, nada, a no ser una dicha vaga, les dicen a ellos las campanas. Contentos, sin fatales obligaciones, sin esos olimpos ni esos avernos que extasían o que amedrentan a los pobres hombres esclavos, sin más moral que la suya, ni más Dios que lo azul, son mis hermanos, mis dulces hermanos.

Viajan sin dinero y sin maletas; mudan de casa cuando se les antoja; presumen un arroyo, presienten una fronda, y sólo tienen que abrir sus alas para conseguir la felicidad; no saben de lunes ni de sábados; se bañan en todas partes, a cada momento; aman el amor sin nombre, la amada universal.

Y cuando las gentes, ¡las pobres gentes!, se van a misa los domingos, cerrando las puertas, ellos, en un alegre ejemplo de amor sin rito, se vienen de pronto, con su algarabía fresca y jovial al jardín de las casas cerradas, en las que algún poeta, que ya conocen bien, y algún burrillo tierno —¿te juntas conmigo?— los contemplan fraternales.

LXIV

Frasco Vélez

Hoy no se puede salir, Platero. Acabo de leer en la plazoleta de los Escribanos el bando del alcalde:

«Todo Can que transite por los andantes de esta noble Ciudad de Moguer sin su correspondiente *Sálamo* o bozal, será pasado por las armas por los Agentes de mi Autoridad.»

Eso quiere decir, Platero, que hay perros rabiosos en el pueblo. Ya ayer noche he estado oyendo tiros y más tiros de la «Guardia municipal nocturna consumera volante», creación también de Frasco Vélez, por el Monturrio, por el Castillo, por los Trasmuros.

Lolilla, la tonta, dice alto, por las puertas y ventanas, que no hay tales perros rabiosos, y que nuestro alcalde actual, así como el otro, Vasco, vestía al Tonto de fantasma, busca la soledad que dejan sus tiros, para pasar su aguardiente de pita y de higo. Pero ¿y si fuera verdad y te mordiera un perro rabioso? ¡No quiero pensarlo, Platero!

LXV

El verano

Platero va chorreando sangre, una sangre espesa y morada, de las picaduras de los tábanos. La chicharra sierra un pino, que nunca llega... Al abrir los ojos, después de un inmenso sueño instantáneo, el paisaje de arena se me torna blanco, frío en su ardor, espectral.

Están los jarales bajos constelados de sus grandes flores vagas, rosas de humo, de gasa, de papel de seda, con las cuatro lágrimas de carmín; y una calina que asfixia enyesa los pinos chatos. Un pájaro nunca visto, amarillo, con lunares negros, se eterniza, mudo, en una rama.

Los guardas de los huertos suenan el latón para asustar a los rabúos, que vienen, en grandes bandos celestes, por naranjas... Cuando llegamos a la sombra del nogal grande, rajo dos sandías, que abren su escarcha grana y rosa en un largo crujido fresco. Yo me como la mía lentamente, oyendo, a lo lejos, las vísperas del pueblo. Platero se bebe la carne de azúcar de la suya como si fuese agua.

LXVI

Fuego en los montes

¡La campana gorda!... Tres..., cuatro toques...
—¡Fuego!

Hemos dejado la cena, y, encogido el corazón por
la negra angostura de la escalerilla de madera,
hemos subido, en alborotado silencio, a la azotea.

...—¡En el campo de Lucena! —grita Anilla, que
ya estaba arriba, escalera abajo, antes de salir
nosotros a la noche... —¡Tan, tan, tan, tan! Al llegar
afuera —¡qué respiro!—, la campana limpia su duro
golpe sonoro y nos amartilla los oídos y nos aprieta
el corazón.

—Es grande, es grande... Es un buen fuego...

Sí. En el negro horizonte de pinos, la llama
distante parece quieta en su recortada limpidez. Es
como un esmalte negro y bermellón, igual a aquella
«Caza» de Piero di Cosimo, en donde el fuego está
pintado sólo con negro, rojo y blanco puros. A
veces, brilla con mayor brío; otras, lo rojo se hace
casi rosa, del color de la luna naciente... La noche de
agosto es alta y parada, y se diría que el fuego está
ya en ella para siempre, como un elemento eterno...
Una estrella fugaz corre medio cielo y se sume en el
azul, sobre las Monjas... Estoy conmigo...

Un rebuzno de Platero, allá abajo, en el corral, me
trae a la realidad... Todos han bajado... Y en un
escalofrío con que la blandura de la noche, que ya va
a la vendimia, me hiere, siento como si acabara de
pasar junto a mí aquel hombre que yo creía en mi
niñez que quemaba los montes, una especie de Pepe

el Pollo —Oscar Wilde, moguereño—, ya un poco viejo, moreno y con rizos canos, vestida su afeminada redondez con una chupa negra y un pantalón de grandes cuadros en blanco y marrón, cuyos bolsillos reventaban de largas cerillas de Gibraltar...

LXVII

El arroyo

Este arroyo, Platero, seco ahora, por el que vamos a la dehesa de los Caballos, está en mis viejos libros amarillos, unas veces como es, al lado del pozo ciego de su prado, con sus amapolas pasadas de sol y sus damascos caídos; otras, en superposiciones y cambios alegóricos, mudando, en mi sentimiento, a lugares remotos, no existentes o sólo sospechados...

Por él, Platero, mi fantasía de niño brilló sonriendo, como un vilano al sol, con el encanto de los primeros hallazgos, cuando supe que él, el arroyo de los Llanos, era el mismo arroyo que parte el camino de San Antonio por su bosquecillo de álamos cantores; que andando por él, seco, en verano, se llegaba aquí; que echando un barquito de corcho allí, en los álamos en invierno, venía hasta estos granados, por debajo del puente de las Angustias, refugio mío cuando pasaban toros...

¡Qué encanto este de las imaginaciones de la niñez, Platero, que yo no sé si tú tienes o has tenido! Todo va y viene en trueques deleitosos; se mira todo y no se ve más que como estampa momentánea de la fantasía... Y anda uno semiciego, mirando tanto adentro como afuera, volcando, a veces, en la sombra del alma la carga de imágenes de la vida, o abriendo al sol, como una flor cierta y poniéndola en una orilla verdadera, la poesía, que luego nunca más se encuentra, del alma iluminada.

LXVIII
Domingo

La pregonera vocinglería de la esquina de vuelta, cercana ya, ya distante, resuena en el cielo de la mañana de fiesta como si todo el azul fuera de cristal. Y el campo un poco enfermo ya, parece que se dora de las notas caídas del alegre revuelo florido.

Todos, hasta el guarda, se han ido al pueblo para ver la procesión. Nos hemos quedado solos Platero y yo. ¡Qué paz! ¡Qué pureza! ¡Qué bienestar! Dejo a Platero en el prado alto y yo me echo, bajo un pino lleno de pájaros que no se van, a leer. Omar Khayyám...

En el silencio que queda entre dos repiques, el hervidero interno de la mañana de setiembre cobra presencia y sonido. Las avispas orinegras vuelan en torno de la parra cargada de sanos racimos moscateles, y las mariposas, que andan confundidas con las flores, parece que se renuevan, en una metamorfosis de colorines, al revolar. Es la soledad como un gran pensamiento de luz.

De vez en cuando, Platero deja de comer y me mira... Yo, de vez en cuando, dejo de leer y miro a Platero...

LXIX

El canto del grillo

Platero y yo conocemos bien, de nuestras correrías nocturnas, el canto del grillo.

El primer canto del grillo, en el crepúsculo, es vacilante, bajo y áspero. Muda de tono, aprende de sí mismo y, poco a poco, va subiendo, va poniéndose en su sitio, como si fuera buscando la armonía del lugar y de la hora. De pronto, ya las estrellas en el cielo verde y transparente, cobra el canto un dulzor melodioso de cascabel libre.

Las frescas brisas moradas van y vienen; se abren del todo las flores de la noche y vaga por el llano una esencia pura y divina de confundidos prados azules celestes y terrestres. Y el canto del grillo se exalta, llena todo el campo, es cual la voz de la sombra. No vacila ya, ni se calla. Como surtiendo de sí propio, cada nota es gemela de la otra, en una hermandad de oscuros cristales.

Pasan serenas las horas. No hay guerra en el mundo y duerme bien el labrador, viendo el cielo en el fondo alto de su sueño. Tal vez el amor, entre las enredaderas de una tapia, anda extasiado, los ojos en los ojos. Los habares mandan al pueblo mensajes de fragancia tierna, cual en una libre adolescencia

candorosa y desnuda. Y los trigos ondean, verdes de
luna, suspirando al viento de las dos, de las tres, de
las cuatro... El canto del grillo, de tanto sonar, se ha
perdido...

¡Aquí está! ¡Oh, canto del grillo por la madrugada, cuando, corridos de escalofríos, Platero y yo nos
vamos a la cama por las sendas blancas de relente!
La luna se cae rojiza y soñolienta. Ya el canto está
borracho de luna, embriagado de estrellas, romántico, misterioso, profuso. Es cuando unas grandes
nubes luctuosas, bordeadas de un malva azul y triste,
sacan el día de la mar, lentamente...

LXX

Los toros

¿A que no sabes, Platero, a qué venían esos niños?
A ver si yo les dejaba que te llevasen para pedir
contigo la llave en los toros de esta tarde. Pero no te
apures tú. Ya les he dicho que no lo piensen
siquiera...

¡Venían locos, Platero! Todo el pueblo está conmovido con la corrida. La banda toca desde el alba,
rota ya y desentonada, ante las tabernas; van y
vienen coches y caballos calle Nueva arriba, calle
Nueva abajo. Ahí detrás, en la calleja, están prepa-
rando el Canario, ese coche amarillo que le gusta
tanto a los niños, para la cuadrilla. Los patios se
quedan sin flores, para las presidentas. Da pena ver
a los muchachos andando torpemente por las calles

con sus sombreros anchos, sus blusas, su puro, oliendo a cuadra y a aguardiente...

A eso de las dos, Platero, en ese instante de soledad con sol, en ese hueco claro del día, mientras diestros y presidentas se están vistiendo, tú y yo saldremos por la puerta falsa y nos iremos por la calleja al campo, como el año pasado...

¡Qué hermoso el campo en estos días de fiesta en que todos lo abandonan! Apenas si en un majuelo, en una huerta, un viejecito se inclina sobre la cepa agria, sobre el regato puro... A lo lejos sube sobre el pueblo, como una corona chocarrera, el redondo vocerío, las palmas, la música de la plaza de toros, que se pierden a medida que uno se va, sereno, hacia la mar... Y el alma, Platero, se siente reina verdadera de lo que posee por virtud de su sentimiento, del cuerpo grande y sano de la naturaleza que, respetado, da a quien lo merece el espectáculo sumiso de su hermosura resplandeciente y eterna.

LXXI

Tormenta

Miedo. Aliento contenido. Sudor frío. El terrible cielo bajo ahoga el amanecer. (No hay por donde escapar.) Silencio... El amor se para. Tiembla la culpa. El remordimiento cierra los ojos. Más silencio...

El trueno, sordo, retumbante, interminable, como un bostezo que no acaba del todo, como una enorme

carga de piedra que cayera del cenit al pueblo,
recorre, largamente, la mañana desierta. (No hay
por donde huir.) Todo lo débil —flores, pájaros—
desaparece de la vida.

Tímido, el espanto mira, por la ventana entrea-
bierta, a Dios, que se alumbra trágicamente. Allá en
oriente, entre desgarrones de nubes, se ven malvas y
rosas tristes, sucios, fríos, que no pueden vencer la
negrura. El coche de las seis, que parecen las cuatro,
se siente por la esquina, en un diluvio, cantando el
cochero por espantar el miedo. Luego, un carro de la
vendimia, vacío, de prisa...

¡Angelus! Un Angelus duro y abandonado solloza
entre el tronido. ¿El último Angelus del mundo? Y se
quiere que la campana acabe pronto o que suene
más, que ahogue la tormenta. Y se va de un lado a
otro, y se llora, y no se sabe lo que se quiere...

(No hay por donde escapar.) Los corazones están
yertos. Los niños llaman desde todas partes...

—¿Qué será de Platero, tan solo en la indefensa
cuadra del corral?

LXXII

Vendimia

Este año, Platero, ¡qué pocos burros han venido
con uva! Es en balde que los carteles digan con
grandes letras: A SEIS REALES. ¿Dónde están aquellos
burros de Lucena, de Almonte, de Palos, cargados de
oro líquido, prieto, chorreante, como tú, conmigo,

de sangre; aquellas recuas que esperaban horas y horas mientras se desocupaban los lagares? Corría el mosto por las calles, y las mujeres y los niños llenaban cántaros, orzas, tinajas...

¡Qué alegres en aquel tiempo las bodegas, Platero, la bodega del Diezmo! Bajo el gran nogal que cayó el tejado, los bodegueros lavaban, cantando, las botas con un fresco, sonoro y pesado cadeneo; pasaban los trasegadores, desnuda la pierna, con las jarras de mosto o de sangre de toro, vivas y espumeantes; y allí en el fondo, bajo el alpende, los toneleros daban redondos golpes huecos, metidos en la limpia viruta olorosa... Yo entraba en Almirante por una puerta y salía por la otra —las dos alegres puertas correspondidas, cada una de las cuales le daba a la otra su estampa de vida y de luz—, entre el cariño de los bodegueros...

Veinte lagares pisaban día y noche. ¡Qué locura, qué vértigo, qué ardoroso optimismo! Este año, Platero, todos están con las ventanas tabicadas, y basta y sobra con el del corral y con dos o tres lagareros.

Y ahora, Platero, hay que hacer algo, que siempre no vas a estar de holgazán.

...Los otros burros han estado mirando, cargados, a Platero, libre y vago; y para que no lo quieran mal ni piensen mal de él, me llego con él a la era vecina, lo cargo de uva y lo paso al lagar, bien despacio, por entre ellos... Luego me lo llevo de allí disimuladamente...

LXXIII

Nocturno

Del pueblo en fiesta, rojamente iluminado hacia el cielo, vienen agrios valses nostálgicos en el viento suave. La torre se ve, cerrada, lívida, muda y dura, en un errante limbo violeta, azulado, pajizo... Y allá, tras las bodegas oscuras del arrabal, la luna caída, amarilla y soñolienta, se pone, solitaria, sobre el río.

El campo está solo con sus árboles y con la sombra de sus árboles. Hay un canto roto de grillo, una conversación sonámbula de aguas ocultas, una blandura húmeda, como si se deshiciesen las estrellas... Platero, desde la tibieza de su cuadra, rebuzna tristemente.

La cabra andará despierta, y su campanilla insiste agitada, dulce luego. Al fin, se calla... A lo lejos, hacia Montemayor, rebuzna otro asno... Otro, luego, por el Vallejuelo... Ladra un perro...

Es la noche tan clara, que las flores del jardín se ven de su color, como en el día. Por la última casa de la calle de la Fuente, bajo una roja y vacilante farola, tuerce la esquina un hombre solitario..., ¿yo? No, yo, en la fragante penumbra celeste, móvil y dorada, que hacen la luna, las lilas, la brisa y la sombra, escucho mi hondo corazón sin par...

La esfera gira, sudorosa y blanda...

LXXIV

Sarito

Para la vendimia, estando yo una tarde grana en la viña del arroyo, las mujeres me dijeron que un negrito preguntaba por mí.

Iba yo hacia la era, cuando él venía ya vereda abajo:

—¡Sarito!

Era Sarito, el criado de Rosalina, mi novia portorriqueña. Se había escapado de Sevilla para torear por los pueblos, y venía de Niebla andando, el capote, dos veces colorado, al hombro, con hambre y sin dinero.

Los vendimiadores lo acechaban de reojo, en un mal disimulado desprecio; las mujeres, más por los hombres que por ellas, lo evitaban. Antes, al pasar por el lagar, se había peleado ya con un muchacho que le había partido una oreja de un mordisco.

Yo le sonreía y le hablaba afable. Sarito, no atreviéndose a acariciarme a mí mismo, acariciaba a Platero, que andaba por allí comiendo uva, y me miraba, en tanto, noblemente...

LXXV

Ultima siesta

¡Qué triste belleza, amarilla y descolorida, la del sol de la tarde, cuando me despierto bajo la higuera!

Una brisa seca, embalsamada de derretida jara, me acaricia el sudoroso despertar. Las grandes hojas, levemente movidas, del blando árbol viejo, me enlutan o me deslumbran. Parece que me mecieran suavemente en una cuna que fuese del sol a la sombra, de la sombra al sol.

Lejos, en el pueblo desierto, las campanas de las tres suenan las vísperas, tras el oleaje de cristal del aire. Oyéndolas, Platero, que me ha robado una gran sandía de dulce escarcha grana, de pie, inmóvil, me mira con sus enormes ojos vacilantes, en los que le anda una pegajosa mosca verde.

Frente a sus ojos cansados, mis ojos se me cansan otra vez... Torna la brisa, cual una mariposa que quisiera volar y a la que, de pronto, se le doblaran las alas... las alas... mis párpados flojos, que, de pronto, se cerraran...

LXXVI

Los fuegos

Para setiembre, en las noches de velada, nos poníamos en el cabezo que hay detrás de la casa del huerto, a sentir el pueblo en fiesta desde aquella paz fragante que emanaban los nardos de la alberca. Pioza, el viejo guarda de viñas, borracho en el suelo de la era, tocaba cara a la luna, hora tras hora, su caracol.

Ya tarde, quemaban los fuegos. Primero, eran sordos estampidos enanos; luego, cohetes sin cola, que se abrían arriba, en un suspiro, cual un ojo estrellado que viese, un instante, rojo, morado, azul el campo; y otros cuyo esplendor caía como una doncellez desnuda que se doblara de espaldas, como una sauce de sangre que gotease flores de luz. ¡Oh, qué pavos reales encendidos, qué macizos aéreos de claras rosas, qué faisanes de fuego por jardines de estrellas!

Platero, cada vez que sonaba un estallido, se estremecía, azul, morado, rojo en el súbito iluminarse del espacio; y en la claridad vacilante, que agrandaba y encogía su sombra sobre el cabezo, yo veía sus grandes ojos negros que me miraban asustados.

Cuando, como remate, entre el lejano vocerío del pueblo, subía al cielo constelado la áurea corona giradora del castillo, poseedora del trueno gordo, que hace cerrar los ojos y taparse los oídos a las mujeres, Platero huía entre las cepas, como alma que lleva el diablo, rebuznando enloquecido hacia los tranquilos pinos en sombra.

LXXVII

El Vergel

Como hemos venido a la Capital, he querido que Platero vea El Vergel... Llegamos despacito, verja abajo, en la grata sombra de las acacias y de los plátanos, que están cargados todavía. El paso de Platero resuena en las grandes losas que abrillanta el riego, azules de cielo a trechos y a trechos blancas de

flor caída que, con el agua, exhala un vago aroma
dulce y fino.

¡Qué frescura y qué olor salen del jardín, que
empapa también el agua, por la sucesión de claros
de yedra goteante de la verja! Dentro, juegan los
niños. Y entre su oleada blanca, pasa, chillón y
tintineador, el cochecillo del paseo, con sus banderitas moradas y su toldillo verde; el barco del avellane-
ro, todo engalanado de granate y oro, con las jarcias
ensartadas de cacahuetes y su chimenea humeante;
la niña de los globos, con su gigantesco racimo
volador, azul, verde y rojo; el barquillero, rendido
bajo su lata roja... En el cielo, por la masa de verdor
tocado ya del mal del otoño, donde el ciprés y la
palmera perduran, mejor vistos, la luna amarillenta
se va encendiendo, entre nubecillas rosas...

Ya en la puerta, y cuando voy a entrar en el
vergel, me dice el hombre azul que lo guarda con su
caña amarilla y su gran reloj de plata:

—El burro no pué'ntrá, zeñó.

—¿El burro? ¿Qué burro? —le digo yo, mirando
más allá de Platero, olvidado, naturalmente de su
forma animal.

—¡Qué burro ha de zé, zeñó; qué burro ha de
zéee...!

Entonces, ya en la realidad, como Platero «no
puede entrar» por ser burro, yo, por ser hombre, no
quiero entrar, y me voy de nuevo con él, verja
arriba, acariciándole y hablándole de otra cosa...

LXXVIII

La Luna

Platero acababa de beberse dos cubos de agua con estrellas en el pozo del corral, y volvía a la cuadra, lento y distraído, entre los altos girasoles. Yo le aguardaba en la puerta, echado en el quicio de cal y envuelto en la tibia fragancia de los heliotropos.

Sobre el tejadillo, húmedo de las blanduras de setiembre, dormía el campo lejano, que mandaba un fuerte aliento de pinos. Una gran nube negra, como una gigantesca gallina que hubiese puesto un huevo de oro, puso la luna sobre una colina.

Yo le dije a la luna:

> *...Ma sola*
> *ha questa luna in ciel, che da nessuno*
> *cader fu vista mai se non in sogno.*

Platero la miraba fijamente y sacudía, con un duro ruido blando, una oreja. Me miraba absorto y sacudía la otra...

LXXIX

Alegría

Platero juega con Diana, la bella perra blanca que se parece a la luna creciente, con la vieja cabra gris, con los niños...

Salta Diana, ágil y elegante, delante del burro, sonando su leve campanilla, y hace como que le muerde los hocicos. Y Platero, poniendo las orejas en punta, cual dos cuernos de pita, la embiste blandamente y la hace rodar sobre la hierba en flor.

La cabra va al lado de Platero, rozándose a sus patas, tirando con los dientes de la punta de las espadañas de la carga. Con una clavellina o con una margarita en la boca, se pone frente a él, le topa en el testuz, y brinca luego, y bala alegremente, mimosa igual que una mujer...

Entre los niños, Platero es de juguete. ¡Con qué paciencia sufre sus locuras! ¡Cómo va despacito, deteniéndose, haciéndose el tonto, para que ellos no se caigan! ¡Cómo los asusta, iniciando, de pronto, un trote falso!

¡Claras tardes del otoño moguereño! Cuando el aire puro de octubre afila los límpidos sonidos, sube del valle un alborozo idílico de balidos, de rebuznos, de risas de niños, de ladreos y de campanillas...

LXXX

Pasan los patos

He ido a darle agua a Platero. En la noche serena, toda de nubes vagas y estrellas, se oye, allá arriba, desde el silencio del corral, un incesante pasar de claros silbidos.

Son los patos. Van tierra adentro, huyendo de la tempestad marina. De vez en cuando, como si nosotros hubiéramos ascendido o como si ellos hubiesen bajado, se escuchan los ruidos más leves de sus alas, de sus picos, como cuando, por el campo, se oye clara la palabra de alguno que va lejos...

Platero, de vez en cuando, deja de beber y levanta la cabeza como yo, como las mujeres de Millet, a las estrellas, con una blanda nostalgia infinita...

LXXXI

La niña chica

La niña chica era la gloria de Platero. En cuanto la veía venir hacia él, entre las lilas, con su vestidillo blanco y su sombrero de arroz, llamándolo dengosa; —¡Platero, Plateriiillo!—, el asnucho quería partir la cuerda, y saltaba igual que un niño, y rebuznaba loco.

Ella, en una confianza ciega, pasaba una vez y otra bajo él, y le pegaba pataditas, y le dejaba la mano, nardo cándido, en aquella bocaza rosa, almenada de grandes dientes amarillos; o, cogiéndole las orejas, que él ponía a su alcance, lo llamaba con todas las variaciones mimosas de su nombre: ¡Platero! ¡Platerón! ¡Platerillo! ¡Platerete! ¡Platerucho!

En los largos días en que la niña navegó en su cuna alba, río abajo, hacia la muerte, nadie se acordaba de Platero. Ella, en su delirio, lo llamaba triste: ¡Plateriiillo!... Desde la casa oscura y llena de suspiros, se oía, a veces, la lejana llamada lastimera del amigo. ¡Oh estío melancólico!

¡Qué lujo puso Dios en ti, tarde del entierro!

Setiembre, rosa y oro, como ahora, declinaba. Desde el cementerio, ¡cómo resonaba la campana de vuelta en el ocaso abierto, camino de la gloria!... Volví por las tapias, solo y mustio, entré en la casa por la puerta del corral y, huyendo de los hombres, me fui a la cuadra y me senté a pensar, con Platero.

LXXXII
El pastor

En la colina, que la hora morada va tornando oscura y medrosa, el pastorcillo, negro contra el verde ocaso de cristal, silba en su pito, bajo el temblor de Venus. Enredadas en las flores, que huelen más y ya no se ven, cuyo aroma las exalta hasta darles forma en la sombra en que están perdidas, tintinean, paradas, las esquilas claras y dulces del rebaño, disperso un momento, antes de entrar al pueblo, en el paraje conocido.

—Zeñorito, zi eze gurro juera mío...

El chiquillo, más moreno y más idílico en la hora dudosa, recogiendo en los ojos rápidos cualquier brillantez del instante, parece uno de aquellos mendiguillos que pintó Bartolomé Esteban, el buen sevillano.

Yo le daría el burro... Pero ¿qué iba yo a hacer sin ti, Platero?

La luna, que sube, redonda, sobre la ermita de Montemayor, se ha ido derramando suavemente por el prado, donde aún yerran vagas claridades del día;

y el suelo florido parece ahora de ensueño, no sé qué encaje primitivo y bello; y las rocas son más grandes, más inminentes y más tristes; y llora más el agua del regato invisible...

Y el pastorcillo grita, codicioso, ya lejos:

—¡Ayn! Zi eze gurro juera míooo...

LXXXIII

El canario se muere

Mira, Platero; el canario de los niños ha amanecido hoy muerto en su jaula de plata. Es verdad que el pobre estaba ya muy viejo... El invierno último, tú te acuerdas bien, lo pasó silencioso, con la cabeza escondida en el plumón. Y al entrar esta primavera, cuando el sol hacía jardín la estancia abierta y abrían las mejores rosas del patio, él quiso también engalanar la vida nueva, y cantó; pero su voz era quebradiza y asmática, como la voz de una flauta cascada.

El mayor de los niños, que lo cuidaba, viéndolo yerto en el fondo de la jaula, se ha apresurado, lloroso, a decir:

—¿Puej no l'a faltao na, ni comida, ni agua.

No. No le ha faltado nada, Platero. Se ha muerto porque sí —diría Campoamor, otro canario viejo...

Platero, ¿habrá un paraíso de los pájaros? ¿Habrá un vergel verde sobre el cielo azul, todo en flor de rosales áureos, con almas de pájaros blancos, rosas, celestes, amarillos?

Oye; a la noche, los niños, tú y yo bajaremos el pájaro muerto al jardín. La luna está ahora llena, y a su pálida plata, el pobre cantor, en la mano cándida de Blanca, parecerá el pétalo mustio de un lirio amarillento. Y lo enterraremos en la tierra del rosal grande.

A la primavera, Platero, hemos de ver al pájaro salir del corazón de una rosa blanca. El aire fragante se pondrá canoro, y habrá por el sol de abril un errar encantado de alas invisibles y un reguero secreto de trinos claros de oro puro.

LXXXIV

La colina

¿No me has visto nunca, Platero, echado en la colina, romántico y clásico a un tiempo?

...Pasan los toros, los perros, los cuervos, y no me muevo, ni siquiera miro. Llega la noche y sólo me voy cuando la sombra me quita. No sé cuándo me vi allí por vez primera y aun dudo si estuve nunca. Ya sabes qué colina digo; la colina roja aquella que se levanta, como un torso de hombre y de mujer sobre la viña vieja de Cobano.

En ella he leído cuanto he leído y he pensado todos mis pensamientos. En todos los museos vi este cuadro mío, pintado por mí mismo: yo, de negro, echado en la arena, de espaldas a mí, digo a ti, o a quien mirara, con mi idea libre entre mis ojos y el poniente.

Me llaman, a ver si voy ya a comer o a dormir, desde la casa de la Piña. Creo que voy, pero no sé si me quedó allí. Y yo estoy cierto, Platero, de que ahora no estoy aquí, contigo, ni nunca en donde esté, ni en la tumba, ya muerto, sino en la colina roja, clásica a un tiempo y romántica, mirando, con un libro en la mano, ponerse el sol sobre el río...

LXXXV

El otoño

Ya el sol, Platero, empieza a sentir pereza de salir de sus sábanas, y los labradores madrugan más que él. Es verdad que está desnudo y que hace fresco.

¡Cómo sopla el norte! Mira, por el suelo, las ramitas caídas; es el viento tan agudo, tan derecho, que están todas paralelas, apuntadas al sur.

El arado va, como una tosca arma de guerra, a la labor alegre de la paz, Platero; y en la ancha senda húmeda, los árboles amarillos, seguros de verdecer, alumbran, a un lado y otro, vivamente, como suaves hogueras de oro claro, nuestro rápido caminar.

LXXXVI

El perro atado

La entrada del otoño es para mí, Platero, un perro atado, ladrando limpia y largamente, en la soledad de un corral, de un patio o de un jardín, que

comienzan con la tarde a ponerse fríos y tristes...
Dondequiera que estoy, Platero, oigo siempre, en
estos días que van siendo cada vez más amarillos,
ese perro atado, que ladra al sol de ocaso...

Su ladrido me trae, como nada, la elegía. Son los
instantes en que la vida anda toda en el oro que se
va, como el corazón de un avaro en la última onza
de su tesoro que se arruina. Y el oro existe apenas,
recogido en el alma avaramente y puesto por ella en
todas partes, como los niños cogen el sol con un
pedacito de espejo y lo llevan a las paredes en
sombra, uniendo en una sola las imágenes de la
mariposa y de la hoja seca...

Los gorriones, los mirlos, van subiendo de rama
en rama en el naranjo o en la acacia, más altos cada
vez con el sol. El sol se torna rosa, malva... La
belleza hace eterno el momento fugaz y sin latido,
como muerto para siempre aún vivo. Y el perro le
ladra, agudo y ardiente, sintiéndola tal vez morir, a
la belleza...

LXXXVII

La tortuga griega

Nos la encontramos mi hermano y yo volviendo,
un mediodía, del colegio por la callejilla. Era en
agosto —¡aquel cielo azul Prusia, negro casi, Platero!— y para que no pasáramos tanto calor, nos
traían por allí, que era más cerca... Entre la yerba de
la pared del granero, casi como tierra, un poco

protegida por la sombra del Canario, el viejo familiar amarillo que en aquel rincón se podría, estaba, indefensa. La cogimos, asustados, con la ayuda de la mandadera y entramos en casa anhelantes, gritando: ¡Una tortuga, una tortuga! Luego la regamos, porque estaba muy sucia, y salieron, como de una calcomanía, unos dibujos en oro y negro...

Don Joaquín de la Oliva, el Pájaro Verde y otros que oyeron a éstos, nos dijeron que era una tortuga griega. Luego, cuando en los Jesuítas estudié yo Historia Natural, la encontré pintada en el libro, igual a ella en un todo, con ese nombre; y la vi embalsamada en la vitrina grande, con un cartelito que rezaba ese nombre también. Así, no cabe duda, Platero, de que es una tortuga griega.

Ahí está, desde entonces. De niños, hicimos con ella algunas perrerías; la columpiábamos en el trapecio; la echábamos a Lord; la teníamos días enteros boca arriba... Una vez, el Sordito le dio un tiro para que viéramos lo dura que era. Rebotaron los plomos y uno fue a matar a un pobre palomo blanco, que estaba bebiendo bajo el peral.

Pasan meses y meses sin que se la vea. Un día, de pronto, aparece en el carbón, fija, como muerta. Otro, en el caño... A veces, un nido de huevos hueros son señal de su estancia en algún sitio; come con las gallinas, con los palomos, con los gorriones, y lo que más le gusta es el tomate. A veces, en primavera, se enseñorea del corral, y parece que ha echado de su seca vejez, eterna y sola, una rama nueva; que se ha dado a luz a sí misma para otro siglo...

LXXXVIII

Tarde de octubre

Han pasado las vacaciones y, con las primeras hojas amarillas, los niños han vuelto al colegio. Soledad. El sol de la casa, también con hojas caídas, parece vacío. En la ilusión suenan gritos lejanos y remotas risas...

Sobre los rosales, aún con flor, cae la tarde, lentamente. Las lumbres del ocaso prenden las últimas rosas, y el jardín, alzando como una llama de fragancia hacia el incendio del poniente, huele todo a rosas quemadas. Silencio.

Platero, aburrido como yo, no sabe qué hacer. Poco a poco se viene a mí, duda un punto, y, al fin, confiado, pisando seco y duro en los ladrillos, se entra conmigo por la casa...

LXXXIX

Antonia

El arroyo traía tanta agua, que los lirios amarillos, firme gala de oro de sus márgenes en el estío, se ahogaban en aislada dispersión, donando a la corriente fugitiva, pétalo a pétalo, su belleza...

¿Por dónde iba a pasarlo Antoñilla con aquel traje dominguero? Las piedras que pusimos se hundieron en el fango. La muchacha siguió, orilla arriba, hasta el vallado de los chopos, a ver si por allí podía... No podía... Entonces yo le ofrecí a Platero, galante.

Al hablarle yo, Antoñilla se encendió toda, quemando su arrebol las pecas que picaban de ingenuidad el contorno de su mirada gris. Luego se echó a reír, súbitamente, contra un árbol... Al fin se decidió. Tiró a la hierba el pañuelo rosa de estambre, corrió un punto y, ágil como una galga, se escarranchó sobre Platero, dejando colgadas a un lado y otro sus duras piernas que redondeaban, en no sospechada madurez, los círculos rojos y blancos de las medias bastas.

Platero lo pensó un momento, y, dando un salto seguro, se clavó en la otra orilla. Luego, como Antoñilla, entre cuyo rubor y yo estaba ya el arroyo, le taconeara en la barriga, salió trotando por el llano, entre el reír de oro y plata de la muchacha morena sacudida.

...Olía a lirio, a agua, a amor. Cual una corona de rosas con espinas, el verso que Shakespeare hizo decir a Cleopatra, me ceñía, redondo, el pensamiento:

O happy horse, to bear the weight of Antony!

—¡Platero! —le grité, al fin, iracundo, violento y desentonado...

XC

El racimo olvidado

Después de las largas lluvias de octubre, en el oro celeste del día abierto, nos fuimos todos a las viñas.

Platero llevaba la merienda y los sombreros de las niñas en un cobujón del seroncillo, y en el otro, de contrapeso, tierna, blanca y rosa, como a una flor de albérchigo, a Blanca.

¡Qué encanto el del campo renovado! Iban los arroyos rebosantes, estaban blandamente aradas las tierras, y en los chopos marginales, festoneados todavía de amarillo, se veían ya los pájaros, negros.

De pronto, las niñas, una tras otra, corrieron, gritando:

—¡Un raciiimo! ¡Un raciiimo!

En una cepa vieja, cuyos largos sarmientos enredados mostraban aún algunas renegridas y carmines hojas secas, encendía el picante sol un claro y sano racimo de ámbar, brilloso como la mujer en su otoño. ¡Todas lo querían! Victoria, que lo cogió, lo defendía a su espalda. Entonces yo se lo pedí, y ella, con esa dulce obediencia voluntaria que presta al hombre la niña que va para mujer, me lo cedió de buen grado.

Tenía el racimo cinco grandes uvas. Le di una a Victoria, una a Blanca, una a Lola, una a Pepa —¡los niños!—, y la última, entre risas y palmas unánimes, a Platero, que la cogió, brusco, con sus dientes enormes.

XCI

Almirante

Tú no lo conociste. Se lo llevaron antes de que tú vinieras. De él aprendí la nobleza. Como ves, la tabla con su nombre sigue sobre el pesebre que fue suyo, en el que están su silla, su bocado y su cabestro.

¡Qué ilusión cuando entró en el corral por vez primera, Platero! Era marismeño y con él venía a mí un cúmulo de fuerza, de vivacidad, de alegría. ¡Qué bonito era! Todas las mañanas, muy temprano, me iba con él ribera abajo y galopaba por las marismas levantando las bandadas de grajos que merodeaban por los molinos cerrados. Luego, subía por la carretera y entraba, en un duro y cerrado trote corto, por la calle Nueva.

Una tarde de invierno vino a mi casa monsieur Dupont, el de las bodegas de San Juan, su fusta en la mano. Dejó sobre el velador de la salita unos billetes y se fue con Lauro hacia el corral. Después, ya anocheciendo, como en un sueño, vi pasar por la ventana a monsieur Dupont con Almirante enganchado en su *charret,* calle Nueva arriba, entre la lluvia.

No sé cuántos días tuve el corazón encogido.

Hubo que llamar al médico y me dieron bromuro y éter y no sé qué más, hasta que el tiempo, que todo lo borra, me lo quitó del pensamiento, como me quitó a *Lord* y a la niña también, Platero.

Sí, Platero. ¡Qué buenos amigos hubierais sido Almirante y tú!

XCII
Viñeta

Platero; en los húmedos y blandos surcos paralelos de la oscura haza recién arada, por los que corre ya otra vez un ligero brote de verdor de las semillas removidas, el sol, cuya carrera es ya tan corta, siembra, al ponerse, largos regueros de oro sensitivo. Los pájaros frioleros se van, en grandes y altos bandos, al Moro. La más leve ráfaga de viento desnuda ramas enteras de sus últimas hojas amarillas.

La estación convida a mirarnos el alma, Platero. Ahora tendremos otro amigo: el libro nuevo, escogido y noble. Y el campo todo se nos mostrará abierto, ante el libro abierto, propicio en su desnudez al infinito y sostenido pensamiento solitario.

Mira, Platero, este árbol que, verde y susurrante, cobijó, no hace un mes aún, nuestra siesta. Solo, pequeño y seco, se recorta, con un pájaro negro entre las hojas que le quedan, sobre la triste vehemencia amarilla del rápido poniente.

XCIII
La escama

Desde la calle de la Aceña, Platero, Moguer es otro pueblo. Allí empieza el barrio de los marineros. La gente habla de otro modo, con términos marinos, con imágenes libres y vistosas. Visten mejor los hombres, tienen cadenas pesadas y fuman buenos cigarros y pipas largas. ¡Qué diferencia entre un hombre sobrio, seco y sencillo de la Carretería, por ejemplo, Raposo, y un hombre alegre, moreno y rubio, Picón, tú lo conoces, de la calle de la Rivera!

Granadilla, la hija del sacristán de San Francisco, es de la calle del Coral. Cuando viene algún día a casa, deja la cocina vibrando de su viva charla gráfica. Las criadas, que son una de la Friseta, otra del Monturrio, otra de los Hornos, la oyen embobadas. Cuenta de Cádiz, de Tarifa y de la Isla; habla de tabaco de contrabando, de telas de Inglaterra, de medias de seda, de plata, de oro... Luego sale taconeando y contoneándose, ceñida su figulina ligera y rizada en el fino pañuelo negro de espuma...

Las criadas se quedan comentando sus palabras de colores. Veo a Montemayor mirando una escama de pescado contra el sol, tapado el ojo izquierdo con la mano... Cuando le pregunto qué hace, me responde que es la Virgen del Carmen, que se ve, bajo el arco iris, con su manto abierto y bordado, en la escama; la Virgen del Carmen, la Patrona de los marineros; que es verdad, que se lo ha dicho Granadilla...

XCIV

Pinito

¡Ese!... ¡Eese!... ¡Eese!... ¡...maj tonto que Pinitooo!...

Casi se me había ya olvidado quién era Pinito.
Ahora, Platero, en este sol suave del otoño, que hace
de los vallados de arena roja un incendio más
colorado que caliente, la voz de ese chiquillo me
hace, de pronto, ver venir a nosotros, subiendo la
cuesta con una carga de sarmientos renegridos, al
pobre Pinito.

Aparece en mi memoria y se borra otra vez.
Apenas puedo recordarlo. Lo veo, un punto, seco,
moreno, ágil, con un resto de belleza en su sucia
fealdad; mas, al querer fijar mejor su imagen, se me
escapa todo, como un sueño con la mañana, y ya no
sé tampoco si lo que pensaba era de él... Quizás iba
corriendo casi en cueros por la calle Nueva, en una
mañana de agua, apedreado por los chiquillos; o, en
un crepúsculo invernal, tornaba, cabizbajo y dando
tumbos, por las tapias del cementerio viejo, al
Molino de viento, a su cueva sin alquiler, cerca de
los perros muertos, de los montones de basura y con
los mendigos forasteros.

—¡...maj tonto que Pinitooo!... ¡Eese!...

¡Qué daría yo, Platero, por haber hablado una vez
sola con Pinito! El pobre murió, según dice la
Macaria, de una borrachera, en casa de las Colillas,
en la gavia del Castillo, hace ya mucho tiempo,
cuando era yo niño aún, como tú ahora, Platero.
Pero ¿sería tonto? ¿Cómo, cómo sería?

Platero, muerto él sin saber yo cómo era, ya sabes
que, según ese chiquillo, hijo de una madre que lo
conoció sin duda, yo soy más tonto que Pinito.

XCV

El río

Mira, Platero, cómo han puesto el río entre las minas, el mal corazón y el padrastreo. Apenas si su agua roja recoge aquí y allá, esta tarde, entre el fango violeta y amarillo, el sol poniente; y por su cauce casi sólo pueden ir barcas de juguete. ¡Qué pobreza!

Antes, los barcos grandes de los vinateros, laúdes, bergantines, faluchos —El Lobo, La Joven Eloísa, el San Cayetano, que era de mi padre y que mandaba el pobre Quintero, La Estrella, de mi tío, que mandaba Picón—, ponían sobre el cielo de San Juan la confusión alegre de sus mástiles —¡sus palos mayores asombro de los niños!—; o iban a Málaga, a Cádiz, a Gibraltar, hundidos de tanta carga de vino... Entre ellos, las lanchas complicaban el oleaje con sus ojos, sus santos y sus nombres pintados de verde, de azul, de blanco, de amarillo, de carmín... Y los pescadores subían al pueblo sardinas, ostiones, anguilas, lenguados, cangrejos... El cobre de Riotinto lo ha envenenado todo. Y menos mal, Platero, que con el asco de los ricos, comen los pobres la pesca miserable de hoy... Pero el falucho, el bergantín, el laúd, todos se perdieron.

¡Qué miseria! ¡Ya el Cristo no ve el aguaje alto en las mareas! Sólo queda, leve hilo de sangre de un muerto, mendigo harapiento y seco, la exangüe corriente del río, color de hierro igual que este ocaso rojo sobre el que La Estrella, desarmada, negra y podrida, al cielo la quilla mellada, recorta como una espina de pescado su quemada mole, en donde juegan, cual en mi pobre corazón las ansias, los niños de los carabineros.

XCVI

La granada

¡Qué hermosa esta granada, Platero! Me la ha mandado Aguedilla, escogida de lo mejor de su arroyo de las Monjas. Ninguna fruta me hace pensar, como ésta, en la frescura del agua que la nutre. Estalla de salud fresca y fuerte. ¿Vamos a comérnosla?

¡Platero, qué grato gusto amargo y seco el de la difícil piel, dura y agarrada como una raíz a la tierra! Ahora, el primer dulzor, aurora hecha breve rubí, de los granos que se vienen pegados a la piel. Ahora, Platero, el núcleo apretado, sano, completo, con sus velos finos, el exquisito tesoro de amatistas comestibles, jugosas y fuertes, como el corazón de no sé qué reina joven. ¡Qué llena está, Platero! Ten, come. ¡Qué rica! ¡Con qué fruición se pierden los dientes en la abundante sazón alegre y roja! Espera, que no puedo hablar. Da al gusto una sensación como la del ojo perdido en el laberinto de colores inquietos de un calidoscopio. ¡Se acabó!

Ya yo no tengo granados, Platero. Tú no viste los del corazón de la bodega de la calle de las Flores. Íbamos por las tardes... Por las tapias caídas se veían los corrales de las casas de la calle del Coral, cada uno con su encanto, y el campo, y el río. Se oía el toque de las cornetas de los carabineros y la fragua de Sierra... Era el descubrimiento de una parte nueva del pueblo que no era la mía, en su plena poesía diaria. Caía el sol y los granados se incendiaban como ricos tesoros, junto al pozo en sombra que desbarataba la higuera llena de salamanquesas...

¡Granada, fruta de Moguer, gala de su escudo! ¡Granadas abiertas al sol grana del ocaso! ¡Granadas del huerto de las Monjas, de la cañada del Peral, de Sabariego, en los reposados valles hondos con arroyos donde se queda el cielo rosa, como en mi pensamiento, hasta bien entrada la noche!

XCVII

El cementerio viejo

Yo quería, Platero, que tú entraras aquí conmigo; por eso te he metido, entre los burros del ladrillero, sin que te vea el enterrador. Ya estamos en el silencio... Anda...

Mira; este es el patio de San José. Ese rincón umbrío y verde, con la verja caída, es el cementerio de los curas... Este patinillo encalado que se funde, sobre el poniente, en el sol vibrante de las tres, es el patio de los niños... Anda... El Almirante... Doña Benita... La zanja de los pobres, Platero...

¡Cómo entran y salen los gorriones de los cipreses! ¡Míralos qué alegres! Esa abubilla que ves ahí, en la salvia, tiene el nido en un nicho... Los niños del enterrador. Mira con qué gusto se comen su pan con manteca colorada... Platero, mira esas dos mariposas blancas...

El patio nuevo... Espera... ¿Oyes? Los cascabeles... Es el coche de las tres, que va por la carretera a la estación... Esos pinos son los del Molino de viento... Doña Lutgarda... El capitán... Alfredito Ramos, que traje yo, en su cajita blanca, de niño, una tarde de primavera, con mi hermano, con Pepe Saenz y con Antonio Rivero... ¡Calla...! El tren de Riotinto que pasa por el puente... Sigue... La pobre Carmen, la tísica, tan bonita, Platero... Mira esa rosa con sol... Aquí está la niña, aquel nardo que no pudo con sus ojos negros... Y aquí, Platero, está mi padre...

Platero...

XCVIII

Lipiani

Echate a un lado, Platero, y deja pasar a los niños de la escuela.

Es jueves, como sabes, y han venido al campo. Unos días los lleva Lipiani a lo del padre Castellano, otros, al puente de las Angustias, otros, a la Pila. Hoy se conoce que Lipiani está de humor, y, como ves, los ha traído hasta la Ermita.

Algunas veces he pensado que Lipiani te deshombrara —ya sabes lo que es desasnar a un niño, según palabra de nuestro Alcalde—, pero me temo que te murieras de hambre. Porque el pobre Lipiani, con el pretexto de la hermandad en Dios, y aquello de que los niños se acerquen a mí, que él explica a su modo, hace que cada niño reparta con él su merienda, las tardes de campo, que él menudea, y así se come trece mitades él solo.

¡Mira qué contentos van todos! Los niños, como corazonazos mal vestidos, rojos y palpitantes, traspasados de la ardorosa fuerza de esta alegre y picante tarde de octubre. Lipiani, contoneando su mole blanda en el ceñido traje canela de cuadros, que fue de Boria, sonriente su gran barba entrecana con la promesa de la comilona bajo el pino... Se queda el campo vibrando a su paso como un metal polícromo, igual que la campana gorda que ahora, calladas ya a sus vísperas, sigue zumbando sobre el pueblo como un gran abejorro verde, en la torre de oro desde donde ella ve la mar.

XCIX

El castillo

¡Qué bello está el cielo esta tarde, Platero, con su metálica luz de otoño, como una ancha espada de oro limpio! Me gusta venir por aquí, porque desde esta cuesta en soledad se ve bien el ponerse del sol y nadie nos estorba, ni nosotros inquietamos a nadie...

Sólo una casa hay, blanca y azul, entre las bodegas

y los muros sucios que bordean el jaramago y la
ortiga, y se diría que nadie vive en ella. Este es el
nocturno campo de amor de la Colilla y de su hija,
esas buenas mozas blancas, iguales casi, vestidas
siempre de negro. En esta gavia es donde se murió
Pinito y donde estuvo dos días sin que lo viera nadie.
Aquí pusieron los cañones cuando vinieron los
artilleros. A don Ignacio, ya tú lo has visto, confiado, con su contrabando de aguardiente. Además, los
toros entran por aquí, de las Angustias, y no hay ni
chiquillos siquiera.

...Mira la viña por el arco del puente de la gavia,
roja y decadente, con los hornos de ladrillo y el río
violeta al fondo. Mira las marismas, solas. Mira
cómo el sol poniente, al manifestarse, grande y
grana, como un dios visible, atrae a él el éxtasis de
todo y se hunde en la raya de mar que está detrás de
Huelva, en el absoluto silencio que le rinde el
mundo, es decir, Moguer, su campo, tú y yo,
Platero.

C

La plaza vieja de toros

Una vez más pasa por mí, Platero, en incogible
ráfaga, la visión aquella de la plaza vieja de toros
que se quemó una tarde... de... que se quemó, yo no
sé cuando...

Ni sé tampoco como era por dentro... Guardo
una idea de haber visto —¿o fue en una estampa de

las que venían en el chocolate que me daba Manolito Flórez?— unos perros chatos, pequeños y grises, como de maciza goma, echados al aire por un toro negro... Y una redonda soledad absoluta, con una alta yerba muy verde... Sólo sé cómo era por fuera, digo, por encima, es decir, lo que no era plaza... Pero no había gente... Yo daba, corriendo, la vuelta por las gradas de pino, con la ilusión de estar en una plaza de toros buena y verdadera, como las de aquellas estampas, más alto cada vez; y, en el anochecer de agua que se venía encima, se me entró, para siempre, en el alma, un paisaje lejano de un rico verdor negro, a la sombra, digo, al frío del nubarrón, con el horizonte de pinares recortado sobre una sola y leve claridad corrida y blanca, allá sobre el mar...

Nada más... ¿Qué tiempo estuve allí? ¿Quién me sacó? ¿Cuándo fue? No lo sé, ni nadie me lo ha dicho, Platero... Pero todos me responden, cuando les hablo de ello:

—Sí; la plaza del Castillo, que se quemó... Entonces sí que venían toreros a Moguer...

CI

El eco

El paraje es tan solo, que parece que siempre hay alguien por él. De vuelta de los montes, los cazadores alargan por aquí el paso y se suben por los vallados para ver más lejos. Se dice que, en sus correrías por este término, hacía noche aquí Parrales, el bandido... La roca roja está contra el naciente y, arriba, alguna cabra desviada, se recorta, a veces, contra la luna amarilla del anochecer. En la pradera, una charca que solamente seca agosto, coge pedazos de cielo amarillo, verde, rosa, ciega casi por las piedras que desde lo alto tiran los chiquillos a las rañas, o por levantar el agua en un remolino estrepitoso.

...He parado a Platero en la vuelta del camino, junto al algarrobo que cierra la entrada del prado, negro todo de sus alfanjes secos; y aumentando mi boca con mis manos, he gritado contra la roca: ¡Platero!

La roca, con respuesta seca, endulzada un poco por el contagio del agua próxima, ha dicho: ¡Platero!

Platero ha vuelto, rápido, la cabeza, irguiéndola y fortaleciéndola, y con un impulso de arrancar, se ha estremecido todo.

¡Platero! He gritado de nuevo a la roca.

La roca de nuevo ha dicho: ¡Platero!

Platero me ha mirado, ha mirado la roca y, remangado el labio, ha puesto un interminable rebuzno contra el cenit.

La roca ha rebuznado larga y oscuramente con él en un rebuzno paralelo al suyo, con el fin más largo.

Platero ha vuelto a rebuznar.

La roca ha vuelto a rebuznar.

Entonces, Platero, en un rudo alboroto testarudo, se ha cerrado como un día malo, ha empezado a dar vueltas con el testuz o en el suelo, queriendo romper la cabezada, huir, dejarme solo, hasta que me lo he ido trayendo con palabras bajas, y poco a poco su rebuzno se ha ido quedando sólo en su rebuzno, entre las chumberas.

CII

Susto

Era la comida de los niños. Soñaba la lámpara su rosada lumbre tibia sobre el mantel de nieve, los geranios rojos y las pintadas manzanas coloreaban de una áspera alegría fuerte aquel sencillo idilio de caras inocentes. Las niñas comían como mujeres; los niños discutían como algunos hombres. Al fondo, dando el pecho blanco al pequeñuelo, la madre, joven, rubia y bella, los miraba sonriendo. Por la ventana del jardín, la clara noche de estrellas temblaba, dura y fría.

De pronto, Blanca huyó, como un débil rayo, a los brazos de la madre. Hubo un súbito silencio, y luego, en un estrépito de sillas caídas, todos corrieron tras de ella, con un raudo alborotar, mirando espantados a la ventana.

¡El tonto de Platero! Puesta en el cristal su cabezota blanca, agigantada por la sombra, los cristales y el miedo, contemplaba, quieto y triste, el dulce comedor encendido.

CIII

La fuente vieja

Blanca siempre sobre el pinar siempre verde; rosa o azul, siendo blanca, en la aurora; de oro o malva en la tarde, siendo blanca; verde o celeste, siendo blanca, en la noche; la fuente vieja, Platero, donde tantas veces me has visto parado tanto tiempo, encierra en sí, como una clave o una tumba, toda la elegía del mundo, es decir, el sentimiento de la vida verdadera.

En ella he visto el Partenón, las Pirámides, las catedrales todas. Cada vez que una fuente, un mausoleo, un pórtico me desvelaron con la insistente permanencia de su belleza, alternaba en mi duermevela su imagen con la imagen de la Fuente vieja.

De ella fui a todo. De todo torné a ella. De tal manera está en su sitio, tal armoniosa sencillez la eterniza, el color y la luz son suyos tan por entero, que casi se podría coger de ella en la mano, como su agua, el caudal completo de la vida. La pintó Böcklin sobre Grecia; Fray Luis la tradujo; Beethoven la inundó de alegre llanto; Miguel Angel se la dio a Rodin.

Es la cuna y es la boda; es la canción y es el soneto; es la realidad y es la alegría; es la muerte.

Muerta está ahí, Platero, esta noche, como una carne de mármol entre el oscuro y blanco verdor rumoroso; muerta, manando de mi alma el agua de mi eternidad.

CIV

Camino

¡Qué de hojas han caído la noche pasada, Platero!
Parece que los árboles han dado una vuelta y tienen
la copa en el suelo y en el cielo las raíces, en un
anhelo de sembrarse en él. Mira ese chopo: parece
Lucía, la muchacha titiritera del circo, cuando derramada la cabellera de fuego en la alfombra, levanta,
unidas, sus finas piernas bellas, que alarga la malla
gris.

Ahora, Platero, desde la desnudez de las ramas,
los pájaros nos verán entre las hojas de oro, como
nosotros los veíamos a ellos entre las hojas verdes,
en la primavera. La canción suave que antes canta-
ron las hojas arriba, ¡en qué seca oración arrastrada
se ha tornado abajo!

¿Ves el campo, Platero, todo lleno de hojas secas?
Cuando volvamos por aquí, el domingo que viene,
no verás una sola. No sé dónde se mueren. Los
pájaros, en su amor de la primavera, han debido
decirles el secreto de ese morir bello y oculto, que no
tendremos tú ni yo, Platero...

CV

Piñones

Ahí viene, por el sol de la calle Nueva, la chiquilla
de los piñones. Los trae crudos y tostados. Voy a

comprarle, para ti y para mí, una perra gorda de piñones tostados, Platero.

Noviembre superpone invierno y verano en días dorados y azules. Pica el sol, y las venas se hinchan como sanguijuelas, redondas y azules... Por las blancas calles tranquilas y limpias pasa el liencero de la Mancha con su fardo gris al hombro; el quincallero de Lucena, todo cargado de luz amarilla, sonando su tin-tan, que recoge en cada sonido el sol... Y, lenta, pegada a la pared, pintando con cisco, en larga raya, la cal, doblada con su espuerta, la niña de la Arena, que pregona larga y sentidamente: ¡A loj tojtaiiitoooj piñoneee...!

Los novios los comen juntos en las puertas, trocando, entre sonrisas de llama, meollos escogidos. Los niños que van al colegio, van partiéndolos en los umbrales con una piedra... Me acuerdo que, siendo yo niño, íbamos al naranjal de Mariano, en los Arroyos, las tardes de invierno. Llevábamos un pañuelo de piñones tostados, y toda mi ilusión era llevar la navaja con que los partíamos, una navaja de cabo de nácar, labrada en forma de pez, con dos ojitos correspondidos de rubí, al través de los cuales se veía la Torre Eiffel...

¡Qué gusto tan bueno dejan en la boca los piñones tostados, Platero! ¡Dan un brío, un optimismo! Se siente uno con ellos seguro en el sol de la estación fría, como hecho ya monumento inmortal, y se anda con ruido, y se lleva sin peso la ropa de invierno, y hasta echaría uno un pulso con León, Platero, o con el Marquito, el mozo de los coches...

CVI

El toro huido

Cuando llego yo, con Platero, al naranjal, todavía la sombra está en la cañada, blanca de la uña de león con escarcha. El sol aun no da oro al cielo incoloro y fúlgido, sobre el que la colina de chaparros dibuja sus más finas aulagas... De vez en cuando, un blando rumor ancho y prolongado me hace alzar los ojos. Son los estorninos, que vuelven a los olivares, en largos bandos, cambiando en evoluciones ideales...

Toco las palmas... El eco... ¡Manuel!... Nadie... De pronto, un rápido rumor grande y redondo... El corazón late con un presentimiento de todo su tamaño. Me escondo, con Platero, en la higuera vieja...

Sí ahí va. Un toro colorado pasa, dueño de la mañana, olfateando, mugiendo, destrozando por capricho lo que encuentra. Se para un momento en la colina y llena el valle, hasta el cielo, de un lamento corto y terrible. Los estorninos, sin miedo, siguen pasando con un rumor que el latido de mi corazón ahoga, sobre el cielo de rosa.

En una polvareda, que el sol que asoma ya toca de cobre, el toro baja, entre las pitas, al pozo. Bebe un momento, y luego, soberbio, campeador, mayor que el campo, se va, cuesta arriba, los cuernos colgados de despojos de vid, hacia el monte, y se pierde, al fin, entre los ojos ávidos y la deslumbrante aurora, ya de oro puro.

CVII
Idilio de noviembre

Cuando, anochecido, vuelve Platero del campo con su blanda carga de ramas de pino para el horno, casi desaparece bajo la amplia verdura rendida. Su paso es menudo, unido, como el de la señorita del circo en el alambre, fino, juguetón... Parece que no anda. En punta las orejas, se diría un caracol debajo de su casa.

Las ramas verdes, ramas que, erguidas, tuvieron en ellas el sol, los chamarices, el viento de luna, los cuervos —¡qué horror! ¡ahí han estado, Platero!—, se caen, pobres, hasta el polvo blanco de las sendas secas del crepúsculo.

Una fría dulzura malva lo nimba todo. Y en el campo, que va ya a diciembre, la tierna humildad del burro cargado empieza, como el año pasado, a parecer divina...

CVIII
La yegua blanca

Vengo triste, Platero... Mira; pasando por la calle de las Flores, ya en la Portada, en el mismo sitio en que el rayo mató a los dos niños gemelos, estaba muerta la yegua blanca del Sordo. Unas chiquillas casi desnudas la rodeaban silenciosas.

Purita, la costurera, que pasaba, me ha dicho que

el Sordo llevó esta mañana la yegua al moridero, harto ya de darle de comer. Ya sabes que la pobre era tan vieja como don Julián y tan torpe. No veía, no oía, y apenas podía andar... A eso del mediodía la yegua estaba otra vez en el portal de su amo. El, irritado, cogió un rodrigón y la quería echar a palos. No se iba. Entonces le pinchó con la hoz. Acudió la gente y, entre maldiciones y bromas, la yegua salió, calle arriba, cojeando, tropezándose. Los chiquillos, la seguían con piedras y gritos... Al fin, cayó al suelo y allí la remataron. Algún sentimiento compasivo revoló sobre ella —¡Dejadla morir en paz!—, como si tú o yo hubiésemos estado allí, Platero; pero fue como una mariposa en el centro de un vendaval.

Todavía, cuando la he visto, las piedras yacían a su lado, fría ya ella como ellas. Tenía un ojo abierto del todo que, ciego en su vida, ahora que estaba muerta parecía como si mirara. Su blancura era lo que iba quedando de luz en la calle oscura, sobre la que el cielo del anochecer, muy alto con el frío, se aborregaba todo de levísimas nubecillas de rosa...

CIX

Cencerrada

Verdaderamente, Platero, que estaban bien. Doña Camila iba vestida de blanco y rosa, dando lección, con el cartel y el puntero, a un cochinito. El, Satanás, tenía un pellejo vacío de mosto en una mano y con la otra le sacaba a ella de la faltriquera

una bolsa de dinero. Creo que hicieron las figuras
Pepe el Pollo y Concha la Mandadera, que se llevó
no sé qué ropas viejas de mi casa. Delante iba Pepito
el Retratado, vestido de cura, en un burro negro, con
un pendón. Detrás, todos los chiquillos de la calle de
Enmedio, de la calle de la Fuente, de la Carretería,
de la plazoleta de los Escribanos, del callejón del tío
Pedro Tello, tocando latas, cencerros, peroles, almireces, gangarros, calderos, en rítmica armonía, en la
luna llena de las calles.

Ya sabes que Doña Camila es tres veces viuda y
que tiene sesenta años, y que Satanás, viudo también, aunque una sola vez, ha tenido tiempo de
consumir el mosto de setenta vendimias. ¡Habrá que
oírlo esta noche detrás de los cristales de la casa
cerrada, viendo y oyendo su historia y la de su nueva
esposa, en efigie y en romance!

Tres días, Platero, durará la cencerrada. Luego,
cada vecina se irá llevando del altar de la plazoleta,
ante el que, alumbradas las imágenes, bailan los
borrachos, lo que es suyo. Luego seguirá unas
noches más el ruido de los chiquillos. Al fin, sólo
quedarán la luna llena y el romance...

CX

Los gitanos

Mírala, Platero. Ahí viene, calle abajo, en el sol de
cobre, derecha, enhiesta, a cuerpo, sin mirar a
nadie... ¡Qué bien lleva su pasada belleza, gallarda
todavía, como en roble, el pañuelo amarillo de talle,

en invierno, y la falda azul de volantes lunareada de blanco! Va al Cabildo, a pedir permiso para acampar, como siempre, tras el cementerio. Ya recuerdas los tenduchos astrosos de los gitanos, con sus hogueras, sus mujeres vistosas, y sus burros moribundos, mordisqueando la muerte, en derredor.

¡Los burros, Platero! ¡Ya estarán temblando los burros de la Friseta, sintiendo a los gitanos desde los corrales bajos! —Yo estoy tranquilo por Platero, porque para llegar a su cuadra tendrían los gitanos que saltar medio pueblo y, además, porque Rengel, el guarda, me quiere y lo quiere a él—. Pero, por amedrentarlo en broma, le digo, ahuecando y poniendo negra la voz:

—¡Adentro, Platero, adentro! ¡Voy a cerrar la cancela, que te van a llevar!

Platero, seguro de que no lo robarán los gitanos, pasa trotando, la cancela, que se cierra tras él con duro estrépito de hierro y cristales, y salta y brinca, del patio de mármol al de las flores y de éste al corral, como una flecha, rompiendo —¡brutote!—, en su corta fuga, la enredadera azul.

CXI

La llama

Acércate más, Platero. Ven... Aquí no hay que guardar etiquetas. El casero se siente feliz a tu lado, porque es de los tuyos. Alí, su perro, ya sabes que te quiere. Y yo ¡no te digo nada, Platero!... ¡Qué frío hará en el naranjal! Ya oyes a Raposo: ¡Dioj quiá que no je queme nesta noche muchaj naranja!

¿No te gusta el fuego, Platero? No creo que mujer desnuda alguna pueda poner su cuerpo con la llamarada. ¿Qué cabellera suelta, qué brazos, qué piernas resistirían la comparación con estas desnudeces ígneas? Tal vez no tenga la naturaleza muestra mejor que el fuego. La casa está cerrada y la noche fuera y sola; y, sin embargo, ¡cuánto más cerca que el campo mismo estamos, Platero, de la naturaleza, en esta ventana abierta al antro plutónico! El fuego es el universo dentro de casa. Colorado e interminable, como la sangre de una herida del cuerpo, nos calienta y nos da hierro, con todas las memorias de la sangre.

¡Platero, qué hermoso es el fuego! Mira cómo Alí, casi quemándose en él, lo contempla con sus vivos ojos abiertos. ¡Qué alegría! Estamos envueltos en danzas de oro y danzas de sombras. La casa toda baila, y se achica y se agiganta en juego fácil, como los rusos. Todas las formas surgen de él, en infinito encanto: ramas y pájaros, el león y el agua, el monte y la rosa. Mira; nosotros mismos, sin quererlo, bailamos en la pared, en el suelo, en el techo.

¡Qué locura, qué embriaguez, qué gloria! El mismo amor parece muerte aquí, Platero.

CXII

Convalecencia

Desde la débil iluminación amarilla de mi cuarto de convaleciente, blando de alfombras y tapices, oigo pasar por la calle nocturna, como en un sueño en el relente de estrellas, ligeros burros que retornan del campo, niños que juegan y gritan.

Se adivinan cabezotas oscuras de asnos, y cabecitas de niños que, entre los rebuznos, cantan, con cristal y plata, coplas de Navidad. El pueblo se siente envuelto en una humareda de castañas tostadas, en un vaho de establos, en un aliento de hogares en paz...

Y mi alma se derrama, purificadora, como si un raudal de aguas celestes le surtiera de la peña en sombra del corazón. ¡Anochecer de redenciones! ¡Hora íntima, fría y tibia a un tiempo, llena de claridades infinitas!

Las campanas, allá arriba, allá fuera, repican entre las estrellas. Contagiado, Platero rebuzna en su cuadra, que, en este instante de cielo cercano, parece que está muy lejos... Yo lloro, débil, conmovido y solo, igual que Fausto...

CXIII

El burro viejo

...En fin, anda tan caníado
que a cada paffo fe pierde...

(*El potro rucio del Alcayde de los Vélez.*)

ROMANCERO GENERAL.

No sé cómo irme de aquí, Platero. ¿Quién lo deja ahí al pobre, sin guía y sin amparo?

Ha debido salirse del moridero. Yo creo que no nos oye ni nos ve. Ya lo viste esta mañana en ese mismo vallado, bajo las nubes blancas, alumbrada su seca miseria mohína, que llenaban de islas vivas las moscas, por el sol radiante, ajeno a la belleza prodigiosa del día de invierno. Daba una lenta vuelta, como sin oriente, cojo de todas las patas y se volvía otra vez al mismo sitio. No ha hecho más que mudar de lado. Esta mañana miraba al poniente y ahora mira al naciente.

¡Qué traba la de la vejez, Platero! Ahí tienes a ese pobre amigo, libre y sin irse, aun viniendo ya hacia él la primavera. ¿O es que está muerto, como Bécquer, y sigue de pie, sin embargo? Un niño podría dibujar su contorno fijo, sobre el cielo del anochecer.

Ya lo ves... Lo he querido empujar y no arranca... Ni atiende a las llamadas... Parece que la agonía lo ha sembrado en el suelo.

Platero, se va a morir de frío en ese vallado alto, esta noche, pasado por el norte... No sé cómo irme de aquí; no sé qué hacer, Platero...

CXIV

El alba

En las lentas madrugadas de invierno, cuando los gallos alertas ven las primeras rosas del alba y las saludan galantes, Platero, harto de dormir, rebuzna largamente. ¡Cuán dulce su lejano despertar, en la luz celeste que entra por las rendijas de la alcoba! Yo, deseoso también del día, pienso en el sol desde mi lecho mullido.

Y pienso en lo que habría sido del pobre Platero, si en vez de caer en mis manos de poeta, hubiese caído en las de unos de esos carboneros que van, todavía de noche, por la dura escarcha de los caminos solitarios, a robar los pinos de los montes, o en las de uno de esos gitanos astrosos que pintan los burros y les dan arsénico y les ponen alfileres en las orejas para que no se les caigan.

Platero rebuzna de nuevo. ¿Sabrá que pienso en él? ¿Qué me importa? En la ternura del amanecer, su recuerdo me es grato como el alba misma. Y, gracias a Dios, él tiene una cuadra tibia y blanda como una cuna, amable como mi pensamiento.

CXV

Florecillas

A MI MADRE.

Cuando murió Mamá Teresa, me dice mi madre, agonizó con un delirio de flores. Por no sé qué asociación, Platero, con las estrellitas de colores de mi sueño de entonces, niño pequeñito, pienso, siempre que lo recuerdo, que las flores de su delirio fueron las verbenas, rosas, azules, moradas.

No veo a Mamá Teresa más que a través de los cristales de colores de la cancela del patio, por los

que yo miraba azul o grana la luna y el sol, inclinada
tercamente sobre las macetas celestes o sobre los
arriates blancos. Y la imagen permanece sin volver
la cara —porque yo no me acuerdo cómo era—
bajo el sol de la siesta de agosto o bajo las lluviosas
tormentas de setiembre.

En su delirio, dice mi madre que llamaba a no sé
qué jardinero invisible, Platero. El que fuera, debió
llevársela por una vereda de flores, de verbenas,
dulcemente. Por ese camino torna ella, en mi memoria, a mí que la conservo a su gusto en mi sentir
amable, aunque fuera del todo de mi corazón, como
entre aquellas sedas finas que ella usaba, sembradas
todas de flores pequeñitas, hermanas también de los
heliotropos caídos del huerto y de las lucecillas
fugaces de mis noches de niño.

CXVI

Navidad

¡La candela en el campo...! Es tarde de Nochebuena, y un sol opaco y débil clarea apenas en el cielo
crudo, sin nubes, todo gris en vez de todo azul, con
un indefinible amarillor en el horizonte de poniente... De pronto, salta un estridente crujido de ramas
verdes que empiezan a arder; luego, el humo
apretado, blanco como armiño, y la llama, al fin,
que limpia el humo y puebla el aire de puras lenguas
momentáneas, que parecen lamerlo.

¡Oh la llama en el viento! Espíritus rosados,

amarillos, malvas, azules, se pierden no sé dónde, taladrando un secreto cielo bajo; ¡y dejan un olor de ascua en el frío! ¡Campo, tibio ahora, de diciembre! ¡Invierno con cariño! ¡Nochebuena de los felices!

Las jaras vecinas se derriten. El paisaje, a través del aire caliente, tiembla y se purifica como si fuese de cristal errante. Y los niños del casero, que no tienen Nacimiento, se vienen alrededor de la candela, pobres y tristes, a calentarse las manos arrecidas, y echan en las brasas bellotas y castañas, que revientan, en un tiro.

Y se alegran luego, y saltan sobre el fuego que ya la noche va enrojeciendo, y cantan:

...Camina, María,
camina, José...

Yo les traigo a Platero, y se lo doy, para que jueguen con él.

CXVII

La calle de la Ribera

Aquí, en esta casa grande, hoy cuartel de la guardia civil, nací yo, Platero. ¡Cómo me gustaba de niño y qué rico me parecía este pobre balcón, mudéjar a lo maestro Garfia, con sus estrellas de cristales de colores! Mira por la cancela, Platero; todavía las lilas, blancas y lilas, y las campanillas azules, engalanan, colgando la verja de madera,

negra por el tiempo, del fondo del patio, delicia de
mi edad primera.

Platero, en esta esquina de la calle de las Flores se
ponían por la tarde los marineros, con sus trajes de
paños de varios azules, en hazas, como el campo de
octubre. Me acuerdo que me parecían inmensos;
que, entre sus piernas, abiertas por la costumbre del
mar, veía yo, allá abajo, el río, con sus listas
paralelas de agua y de marisma, brillantes aquéllas,
secas éstas y amarillas; con un lento bote en el
encanto del otro brazo del río; con las violentas
manchas coloradas en el cielo del poniente... Después, mi padre se fue a la calle Nueva, porque los
marineros andaban siempre navaja en mano, porque
los chiquillos rompían todas las noches la farola del
zaguán y la campanilla y porque en la esquina hacía
siempre mucho viento...

Desde el mirador se ve el mar. Y jamás se borrará
de mi memoria aquella noche en que nos subieron a
los niños todos, temblorosos y ansiosos, a ver el
barco inglés aquel que estaba ardiendo en la Barra...

CXVIII

El invierno

Dios está en su palacio de cristal. Quiero decir que
llueve, Platero. Llueve. Y las últimas flores que el
otoño dejó obstinadamente prendidas a sus ramas
exangües, se cargan de diamantes. En cada diaman-
te, un cielo, un palacio de cristal, un Dios. Mira esta

rosa, tiene dentro otra rosa de agua, y al sacudirla
¿ves?, se le cae la nueva flor brillante, como su alma,
y se queda mustia y triste, igual que la mía.

El agua debe ser tan alegre como el sol. Mira, si
no, cuál corren felices, los niños bajo ella, recios y
colorados, al aire las piernas. Ve cómo los gorriones
se entran todos, en bullanguero bando súbito, en la
yedra, en la escuela, Platero, como dice Darbón, tu
médico.

Llueve. Hoy no vamos al campo. Es día de
contemplaciones. Mira cómo corren las canales del
tejado. Mira cómo se limpian las acacias, negras ya
y un poco doradas todavía; cómo torna a navegar
por la cuneta el barquito de los niños, parado ayer
entre la yerba. Mira ahora, en este sol instantáneo y
débil, cuán bello el arco iris que sale de la iglesia y
muere, en una vaga irisación, a nuestro lado.

CXIX

Leche de burra

La gente va más de prisa y tose en el silencio de la
mañana de diciembre. El viento vuelca el toque de
misa en el otro lado del pueblo. Pasa vacío el coche
de las siete... Me despierta otra vez un vibrador
ruido de los hierros de la ventana... ¿Es que el ciego
ha atado a ella otra vez, como todos los años, su
burra?

Corren presurosas las lecheras arriba y abajo, con
su cántaro de lata en el vientre, pregonando su

blanco tesoro en el frío. Esta leche que saca el ciego a su burra es para los catarrosos.

Sin duda, el ciego, como es ciego, no ve la ruina, mayor, si es posible, cada día, cada hora, de su burra. Parece ella entera un ojo ciego de su amo... Una tarde, yendo yo con Platero por la cañada de las Ánimas, me vi al ciego dando palos a diestro y siniestro tras la pobre burra que corría por los prados, sentada casi en la yerba mojada. Los palos caían en un naranjo, en la noria, en el aire, menos fuertes que los juramentos que, de ser sólidos, habrían derribado el torreón del Castillo... No quería la pobre burra vieja más advientos y se defendía del destino vertiendo en lo infecundo de la tierra, como Onán, la dádiva de algún burro desahogado... El ciego, que vive su oscura vida vendiendo a los viejos por un cuarto, o por una promesa, dos dedos del néctar de los burrillos, quería que la burra retuviese, de pie, el don fecundo, causa de su dulce medicina.

Y ahí está la burra, rascando su miseria en los hierros de la ventana, farmacia miserable, para todo otro invierno, de viejos fumadores, tísicos y borrachos.

CXX

Noche pura

Las almenadas azoteas blancas se cortan secamente sobre el alegre cielo azul, gélido y estrellado. El norte silencioso acaricia, vivo, con su pura agudeza.

Todos creen que tienen frío y se esconden en las casas y las cierran. Nosotros, Platero, vamos a ir despacio, tú con tu lana y con mi manta, yo con mi alma, por el limpio pueblo solitario.

¡Qué fuerza de adentro me eleva, cual si fuese yo una torre de piedra tosca con remate de plata libre! ¡Mira cuánta estrella! De tantas como son, marean. Se diría el cielo un mundo de niños; que le está rezando a la tierra un encendido rosario de amor ideal.

¡Platero, Platero! ¡Diera yo toda mi vida y anhelara que tú quisieras dar la tuya, por la pureza de esta alta noche de enero, sola, clara y dura!

CXXI

La corona de perejil

¡A ver quién llega antes!

El premio era un libro de estampas, que yo había recibido la víspera, de Viena.

—¡A ver quién llega antes a las violetas!... A la una... A las dos... ¡A las tres!

Salieron las niñas corriendo, en un alegre alboroto blanco y rosa al sol amarillo. Un instante, se oyó en el silencio que el esfuerzo mudo de sus pechos abría en la mañana, la hora lenta que daba el reloj de la torre del pueblo, el menudo cantar de un mosquitito en la colina de los pinos, que llenaban los lirios azules, el venir del agua en el regato... Llegaban las niñas al primer naranjo, cuando Platero, que holga-

zaneaba por allí, contagiado del juego, se unió a
ellas en su vivo correr. Ellas, por no perder, no
pudieron protestar, ni reírse siquiera...

Yo les gritaba: ¡Que gana Platero! ¡Que gana
Platero!

Sí, Platero llegó a las violetas antes que ninguna, y
se quedó allí, revolcándose en la arena.

Las niñas volvieron protestando sofocadas, subiéndose las medias, cogiéndose el cabello.

—¡Eso no vale! ¡Eso no vale! ¡Pues no! ¡Pues no!
¡Pues no, ea!

Les dije que aquella carrera la había ganado
Platero y que era justo premiarlo de algún modo.
Que bueno, que el libro, como Platero no sabía leer,
se quedaría para otra carrera de ellas, pero que a
Platero había que darle un premio.

Ellas, seguras ya del libro, saltaban y reían, rojas:
¡Sí! ¡Sí! ¡Sí!

Entonces, acordándome de mí mismo, pensé que
Platero tendría el mejor premio en su esfuerzo, como
yo en mis versos. Y cogiendo un poco de perejil del
cajón de la puerta de la casera, hice una corona, y se
la puse en la cabeza, honor fugaz y máximo, como a
un lacedemonio.

CXXII

Los Reyes Magos

¡Qué ilusión, esta noche, la de los niños, Platero!
No era posible acostarlos. Al fin, el sueño los fue

rindiendo, a uno en una butaca, a otro en el suelo, al arrimo de la chimenea, a Blanca en una silla baja, a Pepe en el poyo de la ventana, la cabeza sobre los clavos de la puerta, no fueran a pasar los Reyes... Y ahora, en el fondo de esta afuera de la vida, se siente como un gran corazón pleno y sano, el sueño de todos, vivo y mágico.

Antes de la cena, subí con todos. ¡Qué alboroto por la escalera, tan medrosa para ellos otras noches! —A mí no me da miedo de la montera, Pepe, ¿y a ti?, decía Blanca, cogida muy fuerte de mi mano.—Y pusimos en el balcón, entre las cidras, los zapatos de todos. Ahora, Platero, vamos a vestirnos Montemayor, tita, María-Teresa, Polilla, Perico, tú y yo, con sábanas y colchas y sombreros antiguos. Y a las doce, pasaremos ante la ventana de los niños en cortejo de disfraces y de luces, tocando almireces, trompetas y el caracol que está en el último cuarto. Tú irás delante conmigo, que seré Gaspar y llevaré unas barbas blancas de estopa, y llevarás, como un delantal, la bandera de Colombia, que he traído de casa de mi tío el cónsul... Los niños, despertados de pronto, con el sueño colgado aún, en jirones, de los ojos asombrados, se asomarán en camisa a los cristales, temblorosos y maravillados. Después, seguiremos en su sueño toda la madrugada, y mañana, cuando ya tarde, los deslumbre el cielo azul por los postigos, subirán, a medio vestir, al balcón y serán dueños de todo el tesoro.

El año pasado nos reímos mucho. ¡Ya verás cómo nos vamos a divertir esta noche, Platero, camellito mío!

CXXIII
Mons-urium

El Monturrio, hoy. Las colinitas rojas, más pobres
cada día por la cava de los areneros, que, vistas
desde el mar, parecen de oro y que nombraron los
romanos de ese modo brillante y alto. Por él se va,
más pronto que por el Cementerio, al Molino de
viento. Asoman ruinas por doquiera y en sus viñas
los cavadores sacan huesos, monedas y tinajas.

...Colón no me da demasiado bienestar, Platero.
Que si paró en mi casa; que si comulgó en Santa
Clara, que si es de su tiempo esta palmera o la otra
hospedería... Está cerca y no va lejos, y ya sabes los
dos regalos que nos trajo de América. Los que me
gusta sentir bajo mí, como una raíz fuerte, son los
romanos, los que hicieron ese hormigón del Castillo
que no hay pico ni golpe que arruine, en el que no
fue posible clavar la veleta de la Cigüeña, Platero...

No olvidaré nunca el día en que, muy niño, supe
este nombre: *Mons-urium*. Se me ennobleció de
pronto el Monturrio y para siempre. Mi nostalgia de
lo mejor ¡tan triste en mi pobre pueblo! halló un
engaño deleitable. ¿A quién tenía yo que envidiar ya?
¿Qué antigüedad, qué ruina —catedral o castillo—
podría ya retener mi largo pensamiento sobre los
ocasos de la ilusión? Me encontré de pronto como
sobre un tesoro inextinguible. Moguer, Monte de
oro, Platero; puedes vivir y morir contento.

CXXIV
El vino

Platero, te he dicho que el alma de Moguer es el pan. No. Moguer es como una caña de cristal grueso y claro, que espera todo el año, bajo el redondo cielo azul, su vino de oro. Llegado setiembre, si el diablo no agua la fiesta, se colma esta copa, hasta el borde, de vino y se derrama casi siempre como un corazón generoso.

Todo el pueblo huele entonces a vino, más o menos generoso, y suena a cristal. Es como si el sol se donara en líquida hermosura y por cuatro cuartos, por el gusto de encerrarse en el recinto trasparente del pueblo blanco, y de alegrar su sangre buena. Cada casa es, en cada calle, como una botella en la estantería de Juanito Miguel o del Realista, cuando el poniente las toca de sol.

Recuerdo «La fuente de la indolencia», de Turner, que parece pintada toda, en su amarillo limón, con vino nuevo. Así, Moguer, fuente de vino que, como la sangre, acude a cada herida suya, sin término; manantial de triste alegría que, igual al sol de abril, sube a la primavera cada año, pero cayendo cada día.

CXXV
La fábula

Desde niño, Platero, tuve un horror instintivo al apólogo, como a la iglesia, a la guardia civil, a los

toreros y al acordeón. Los pobres animales, a fuerza
de hablar tonterías por boca de los fabulistas, me
parecían tan odiosos como en el silencio de las
vitrinas hediondas de la clase de Historia natural.
Cada palabra que decían, digo, que decía un señor
acatarrado, rasposo y amarillo, me parecía un ojo de
cristal, un alambre de ala, un soporte de rama falsa.
Luego, cuando vi en los circos de Huelva y de Sevilla
animales amaestrados, la fábula, que había quedado,
como las planas y los premios, en el olvido de la
escuela dejada, volvió a surgir como una pesadilla
desagradable de mi adolescencia.

Hombre ya, Platero, un fabulista, Jean de La
Fontaine, de quien tú me has oído tanto hablar y
repetir, me reconcilió con los animales parlantes; y
un verso suyo, a veces, me parecía voz verdadera del
grajo, de la paloma o de la cabra. Pero siempre
dejaba sin leer la moraleja, ese rabo seco, esa ceniza,
esa pluma caída del final.

Claro está, Platero, que tú no eres un burro en el
sentido vulgar de la palabra, ni con arreglo a la
definición del Diccionario de la Academia Española.
Lo eres, sí, como yo lo sé y lo entiendo. Tú tienes tu
idioma y no el mío, como no tengo yo el de la rosa
ni ésta el del ruiseñor. Así, no temas que vaya yo
nunca, como has podido pensar entre mis libros, a
hacerte héroe charlatán de una fabulilla, trenzando
tu expresión sonora con la de la zorra o el jilguero,
para luego deducir, en letra cursiva, la moral fría y
vana del apólogo. No, Platero...

CXXVI
Carnaval

¡Qué guapo está hoy Platero! Es lunes de Carnaval, y los niños, que se han disfrazado vistosamente de toreros, de payasos y de majos, le han puesto el aparejo moruno, todo bordado, en rojo, verde, blanco y amarillo, de recargados arabescos.

Agua, sol y frío. Los redondos papelillos de colores van rodando paralelamente por la acera, al viento agudo de la tarde, y las máscaras, ateridas, hacen bolsillos de cualquier cosa para las manos azules.

Cuando hemos llegado a la plaza, unas mujeres vestidas de locas, con largas camisas blancas, coronados los negros y sueltos cabellos con guirnaldas de hojas verdes, han cogido a Platero en medio de su corro bullanguero y, unidas por las manos, han girado alegremente en torno de él.

Platero, indeciso, yergue las orejas, alza la cabeza y, como un alacrán cercado por el fuego, intenta, nervioso, huir por doquiera. Pero, como es tan pequeño, las locas no le temen y siguen girando, cantando y riendo a su alrededor. Los chiquillos, viéndolo cautivo, rebuznan para que él rebuzne. Toda la plaza es ya un concierto altivo de metal amarillo, de rebuznos, de risas, de coplas, de panderetas y de almireces.

Por fin, Platero, decidido igual que un hombre, rompe el corro y se viene a mí trotando y llorando, caído el lujoso aparejo. Como yo, no quiere nada con los Carnavales... No servimos para estas cosas...

CXXVII
León

Voy yo con Platero, lentamente, a un lado cada uno de los poyos de la plaza de las Monjas, solitaria y alegre en esta calurosa tarde de febrero, el temprano ocaso comenzado ya, en un malva diluido en oro, sobre el hospital, cuando de pronto siento que alguien más está con nosotros. Al volver la cabeza, mis ojos se encuentran con las palabras: don Juan... Y León da una palmadita...

Sí, es León, vestido ya y perfumado para la música del anochecer, con su saquete a cuadros, sus botas de hilo blanco y charol negro, su descolgado pañuelo de seda verde y, bajo el brazo, los relucientes platillos. Da una palmadita y me dice que a cada uno le concede Dios lo suyo; que si yo escribo en los diarios... él, con ese oído que tiene, es capaz... —Ya v'osté, don Juan, loj platiyo... El ijtrumento más difísi... El uniquito que ze toca zin papé... —Si él quisiera fastidiar a Modesto, con ese oído, pues silbaría, antes que la banda las tocara, las piezas nuevas.—Ya v'osté... Ca cuá tié lo zuyo... Ojté ejcribe en loj diario... Yo tengo ma juersa que Platero... Toq'ust'aquí...—

Y me muestra su cabeza vieja y despelada, en cuyo centro, como la meseta castellana, duro melón viejo y seco, un gran callo es señal clara de su duro oficio.

Da una palmadita, un salto, y se va silbando, un guiño en los ojos con viruelas, no sé qué paso doble, la pieza nueva, sin duda, de la noche. Pero vuelve de pronto y me da una tarjeta:

LEÓN.
DECANO DE LOS MOZOS DE CUERDA
DE MOGUER.

CXXVIII

El molino de viento

¡Qué grande me parecía entonces, Platero, esta charca, y qué alto ese circo de arena roja! ¿Era en esta agua donde se reflejaban aquellos pinos agrios, llenando luego mi sueño con su imagen de belleza? ¿Era éste el balcón desde donde yo vi una vez el paisaje más claro de mi vida, en una arrobadora música de sol?

Sí, las gitanas están y el miedo a los toros vuelve. Está también, como siempre, un hombre solitario —¿el mismo, otro?—, un Caín borracho que dice cosas sin sentido a nuestro paso, mirando con su único ojo al camino, a ver si viene gente... y desistiendo al punto... Está el abandono y está la elegía, pero ¡qué nuevo aquél, y ésta qué arruinada!

Antes de volverle a ver en él mismo, Platero, creí ver este paraje, encanto de mi niñez en un cuadro de Courbet y en otro de Bocklin. Yo siempre quise pintar su esplendor, rojo frente al ocaso de otoño, doblado con sus pinetes en la charca de cristal que socava la arena... Pero sólo queda, ornada de jaramago, una memoria, que no resiste la insistencia, como un papel de seda al lado de una llama brillante, en el sol mágico de mi infancia.

CXXIX

La torre

No, no puedes subir a la torre. Eres demasiado grande. ¡Si fuera la Giralda de Sevilla!

¡Cómo me gustaría que subieras! Desde el balcón del reloj se ven ya las azoteas del pueblo, blancas, con sus monteras de cristales de colores y sus macetas floridas pintadas de añil. Luego, desde el del sur, que rompió la campana gorda cuando la subieron, se ve el patio del Castillo, y se ve el Diezmo y se ve, en la marea, el mar. Más arriba, desde las campanas, se ven cuatro pueblos y el tren que va a Sevilla, y el tren de Riotinto y la Virgen de la Peña. Después hay que guindar por la barra de hierro y allí le tocarías los pies a Santa Juana, que hirió el rayo, y tu cabeza, saliendo por la puerta del templete, entre los azulejos blancos y azules, que el sol rompe en oro, sería el asombro de los niños que juegan al toro en la plaza de la Iglesia, de donde subiría a ti, agudo y claro, su gritar de júbilo.

¡A cuántos triunfos tienes que renunciar, pobre Platero! ¡Tu vida es tan sencilla como el camino corto del Cementerio viejo!

CXXX

Los burros del arenero

Mira, Platero, los burros del Quemado; lentos, caídos, con su picuda y roja carga de mojada arena, en la que llevan clavada, como en el corazón, la vara de acebuche verde con que les pegan...

CXXXI

Madrigal

Mírala, Platero. Ha dado, como el caballito del circo por la pista, tres vueltas en redondo por todo el jardín, blanca como la leve ola única, de un dulce mar de luz, y ha vuelto a pasar la tapia. Me la figuro en el rosal silvestre que hay del otro lado y casi la veo a través de la cal. Mírala. Ya está aquí otra vez. En realidad, son dos mariposas; una blanca, ella, otra negra, su sombra.

Hay, Platero, bellezas culminantes que en vano pretenden otras ocultar. Como en el rostro tuyo los ojos son el primer encanto, la estrella es el de la noche y la rosa y la mariposa lo son del jardín matinal.

Platero, ¡mira qué bien vuela! ¡Qué regocijo debe ser para ella el volar así! Será, como es para mí, poeta verdadero, el deleite del verso. Toda se interna en su vuelo, de ella misma a su alma, y se creyera que nada más le importa en el mundo, digo, en el jardín.

Cállate, Platero... Mírala. ¡Que delicia verla volar así, pura y sin ripio!

CXXXII

La muerte

Encontré a Platero echado en su cama de paja, blandos los ojos y tristes. Fui a él, lo acaricié hablándole, y quise que se levantara...

El pobre se removió todo bruscamente, y dejó una mano arrodillada... No podía... Entonces le tendí su mano en el suelo, lo acaricié de nuevo con ternura, y mandé venir a su médico.

El viejo Darbón, así que lo hubo visto, sumió la enorme boca desdentada hasta la nuca y meció sobre el pecho la cabeza congestionada, igual que un péndulo.

—Nada bueno, ¿eh?

No sé qué contestó... Que el infeliz se iba... Nada... Que un dolor... Que no sé qué raíz mala... La tierra, entre la yerba...

A mediodía, Platero estaba muerto. La barriguilla de algodón se le había hinchado como el mundo, y sus patas, rígidas y descoloridas se elevaban al cielo. Parecía su pelo rizoso ese pelo de estopa apolillada de las muñecas viejas, que se cae, al pasarle la mano, en una polvorienta tristeza...

Por la cuadra en silencio, encendiéndose cada vez que pasaba por el rayo de sol de la ventanilla, revolaba una bella mariposa de tres colores.

CXXXIII
Nostalgia

Platero, tú nos ves, ¿verdad?

¿Verdad que ves cómo se ríe en paz, clara y fría, el agua de la noria del huerto; cuál vuelan, en la luz última, las afanosas abejas en torno del romero verde y malva, rosa y oro por el sol que aun enciende la colina?

Platero, tú nos ves, ¿verdad?

¿Verdad que ves pasar por la cuesta roja de la Fuente vieja los borriquillos de las lavanderas, cansados, cojos, tristes en la inmensa pureza que une tierra y cielo en un solo cristal de esplendor?

Platero, tú nos ves, ¿verdad?

¿Verdad que ves a los niños corriendo arrebatados entre las jaras, que tienen posadas en sus ramas sus propias flores, liviano enjambre de vagas mariposas blancas, goteadas de carmín?

Platero, tú nos ves, ¿verdad?

Platero; ¿verdad que tú nos ves? Sí, tú me ves. Y yo creo oír, sí, sí, yo oigo en el poniente despejado, endulzando todo el valle de las viñas, tu tierno rebuzno lastimero...

CXXXIV

El borriquete

Puse en el borriquete de madera la silla, el bocado y el ronzal del pobre Platero, y lo llevé todo al granero grande, al rincón en donde están las cunas olvidadas de los niños. El granero es ancho, silencioso, soleado. Desde él se ve todo el campo moguereño: el Molino de viento, rojo, a la izquierda; enfrente, embozado en pinos, Montemayor, con su ermita blanca, tras de la iglesia, el recóndito huerto de la Piña; en el poniente, el mar, alto y brillante en las mareas del estío.

Por las vacaciones, los niños se van a jugar al granero. Hacen coches con interminables tiros de sillas caídas; hacen teatros, con periódicos pintados de almagra; iglesias, colegios...

A veces se suben en el borriquete sin alma, y con un jaleo inquieto y raudo de pies y manos, trotan por el prado de sus sueños:

—¡Arre, Platero! ¡Arre, Platero!

CXXXV

Melancolía

Esta tarde he ido con los niños a visitar la sepultura de Platero, que está en el huerto de la Piña, al pie del pino redondo y paternal. En torno, abril había adornado la tierra húmeda de grandes lirios amarillos.

Cantaban los chamarices allá arriba, en la cúpula

verde, toda pintada de cenit azul, y su trino menudo, florido y reidor, se iba en el aire de oro de la tarde tibia, como un claro sueño de amor nuevo.

Los niños, así que iban llegando, dejaban de gritar. Quietos y serios, sus ojos brillantes en mis ojos, me llenaban de preguntas ansiosas.

—¡Platero amigo! —le dije yo a la tierra—: si, como pienso, estás ahora en un prado del cielo y llevas sobre tu lomo peludo a los ángeles adolescentes, ¿me habrás, quizá, olvidado? Platero, dime: ¿te acuerdas aún de mí?

Y, cual contestando mi pregunta, una leve mariposa blanca, que antes no había visto, revolaba insistentemente, igual que un alma, de lirio en lirio...

CXXXVI

A Platero, en el cielo de Moguer

Dulce Platero trotón, burrillo mío, que llevaste mi alma tantas veces —¡sólo mi alma!— por aquellos hondos caminos de nopales, de malvas y de madreselvas; a ti este libro que habla de ti, ahora que puedes entenderlo.

Va a tu alma, que ya pace en el Paraíso, por el alma de nuestros paisajes moguereños, que también habrá subido al cielo con la tuya; lleva montada en su lomo de papel a mi alma, que, caminando entre zarzas en flor a su ascensión, se hace más buena, más pacífica, más pura cada día.

Sí. Yo sé que, a la caída de la tarde, cuando entre

las oropéndolas y los azahares, llego, lento y pensati-
vo, por el naranjal solitario, al pino que arrulla tu
muerte, tú, Platero, feliz en tu prado de rosas
eternas, me verás detenerme ante los lirios amarillos
que ha brotado tu descompuesto corazón.

CXXXVII

Platero de cartón

Platero, cuando hace un año, salió por el mundo de
los hombres un pedazo de este libro que escribí en
memoria tuya, una amiga tuya y mía me regaló este
Platero de cartón. ¿Lo ves desde ahí? Mira: es mitad
gris y mitad blanco; tiene la boca negra y colorada,
los ojos enormemente grandes y enormemente negros; lleva unas angarillas de barro con seis macetas
de flores de papel de seda, rosas, blancas y amarillas,
mueve la cabeza y anda sobre una tabla pintada de
añil, con cuatro ruedas toscas.

Acordándome de ti, Platero, he ido tomándole
cariño a este burrillo de juguete. Todo el que entra
en mi escritorio le dice sonriendo: Platero. Si alguno
no lo sabe y me pregunta qué es, le digo yo: es
Platero. Y de tal manera me ha acostumbrado el
nombre al sentimiento, que ahora, yo mismo, aunque esté solo, creo que eres tú y lo mimo con mis
ojos.

¿Tú? ¡Qué vil es la memoria del corazón humano!
Este Platero de cartón me parece hoy más Platero
que tú mismo, Platero...

Madrid, 1915.

CXXXVIII

A *Platero, en su tierra*

Un momento, Platero, vengo a estar con tu muerte. No he vivido. Nada ha pasado. Estás vivo y yo contigo... Vengo solo. Ya los niños y las niñas son hombres y mujeres. La ruina acabó su obra sobre nosotros tres —ya tú sabes—, y sobre su desierto estamos de pie, dueños de la mejor riqueza: la de nuestro corazón.

¡Mi corazón! Ojalá el corazón les bastara a ellos dos como a mí me basta. Ojalá pensaran del mismo modo que yo pienso. Pero, no, mejor será que no piensen... Así no tendrán en su memoria la tristeza de mis maldades, de mis cinismos, de mis impertinencias.

¡Con qué alegría, qué bien te digo a ti estas cosas que nadie más que tú has de saber!... Ordenaré mis actos para que el presente sea toda la vida y les parezca el recuerdo; para que el sereno porvenir les deje el pasado del tamaño de una violeta y de su color, tranquilo en la sombra, y de su olor suave.

Tú, Platero, estás solo en el pasado. Pero ¿qué más te da el pasado a ti, que vives en lo eterno, que, como yo aquí, tienes en tu mano, grana como el corazón de Dios perenne, el sol de cada aurora?

Moguer, 1916.

La muerte de Platero*

Don Francisco fue uno de los primeros buenos amigos de mi burrito de plata. Y si el librillo caminó tan bien, fue porque él sacó a Platero por el ronzal hasta la puerta de la vida.

La última vez que fui a ver a don Francisco vivo, ya en cama definitiva y débil hacia abajo, el fondo, tenía sobre su cómoda un montón de ejemplares que, me dijo Cossío, había mandado y mandaba aún, enero, aquel año a algunos amigos lejanos, como regalo de Navidad y Año Nuevo.

Ese día me dijo don Francisco cariñosa y zumbonamente que me había escrito una larga y escesiva, una carta de primera impresión, que luego había roto, no fuese yo, me dijo, cojiéndome el brazo, a creérmelo. Me

---

* Texto incluido por sugerencia de don Francisco Hernández-Pinzón.

habló un poco (con la vijilancia en pie y amable de Cossío, no se fuera a cansar) de la prosa, del estilo, del paisaje, de las posibilidades que había en el tema de un nuevo Quijote. Y de pronto se detuvo. Alcanzó un ejemplar y me leyó lenta y noblemente la pájina de la muerte de Platero. Y repitió el último párrafo más despacio:

> Por la cuadra en silencio, encendiéndose cada vez que pasaba por el rayo de sol de la ventanilla, revolaba una bella mariposa de tres colores...

Y un «Bueno, hombre», hacia el fondo, melancólica-mente contenido. Y con un rescoldo avivado súbitamente, luz de dentro y luz de la alcoba anochecida, fundidas en sus ojos, la puya irónica usual: «Usted siempre con su aire de violinista ruso sin contrato. Claro, con esas soledades estrambóticas que escribe usted, quien le va a hacer caso, usted debía hacer versos políticos, ser el poeta político como quiere Ortega.» Y luego, en una transición: «Usted ya madurito, yo...»

Cossío me invitó suavemente a salir. Salimos. Y yo sabía que aquella mirada que él prolongaba, entre la forzada risa de Cossío, seria sin remedio, hasta la puerta, desde la oscura cavidad de la órbita evidente, era la despedida.

Platero español de Francia*

Platero y yo vamos a salir la vez primera sin traducir, por Francia, en la edición menor para muchachos. El librillo se está imprimiendo con la sencillez que a mí me gusta y con amoroso cuidado, por la *Librairie des Éditions Espagnoles* de París, que dirije el señor Soriano. Lleva unos encantadores dibujos de Baltasar Lobo.

Y hoy mismo, cuando me disponía a escribir este prologuillo, recibí un ejemplar de este mismo *Platero* menor de la edición popular que la *Editorial Losada* publica en Buenos Aires y que se ha reimpreso ya doce veces, aparte de las ediciones completas. La edición de 1952 que tengo a la vista es de 35.000 ejemplares. Voy a entretenerme en escribir un recuento de las ediciones de *Platero*. Claro es que me será difícil detallarlas todas, ya

---

* Se incluye este *prólogo* por su valor biográfico e histórico.

que hay muchas de editores indignos que, aparte de robarlas, las hacen feas, lo que les perdono menos que el robo vil.

La primera vez que se publicó esta edición menor fue en la serie *JUVENTUD de La LECTURA* de Madrid, y no era sino una selección hecha por los editores (y que luego ha servido de modelo para las ediciones menores) del libro completo, ya escrito casi todo en esa fecha, 1912. En 1916 vino la primera edición completa de la *Casa Calleja*[1], y de esta casa pasó años después a *Espasa-Calpe*, luego a la *Residencia de Estudiantes*, y en 1936, año de la guerra en España, a la editorial *Signo*, casas todas estas madrileñas. En 1937, *Espasa-Calpe* reimprimió en Buenos Aires las dos ediciones: la completa y la menor, que aún circulan. La *Editorial Losada* dio luego tres ediciones simultáneas, de las cuales no se volvió a reimprimir la segunda, que era la mejor presentada. *Gustavo Gili*, de Barcelona, hizo una hermosa edición para bibliófilos, riquísimamente ilustrada por José Mompou, y *Saturnino Calleja* acaba de reimprimir la suya de 1916, aunque bastamente presentada, tan bella que fue la primera, en Madrid. Repito que no puedo hablar de las ediciones piratas españolas ni hispanoamericanas de algunas de las cuales he comprobado en estas Américas que se venden copiosamente por sus precios económicos. Esto quiere decir que muchos muchachos y muchas personas mayores pueden leer este libro completo o fragmentado en buena parte del mundo. Me complazco ahora en escribir (porque decirlo lo he dicho infinidad de veces) que el impulso inicial del éxito se lo dio a *Platero* don Francisco Giner cuando el librillo salió en la colección *Juventud*.

Dos años después, 1915, el buen don Francisco se echó en su catre para no levantarse ya. Una mañana helada,

---

[1] Véase el comentario en la Nota que precede al texto de *Platero y yo* (pág. 17).

Manuel Bartolomé Cossío, el crítico de el Greco, que era como un hijo de don Francisco, me llamó para que yo fuese a darle y a recibirle el último adiós a mi grande y jeneroso amigo que tanto me quería a pesar de la diferencia de 45 años que había entre nosotros. Entrando yo en su celdita encalada, que él amuebló con sencillos muebles populares españoles, su catre modesto de estudiante y el sillón de enea con respaldo alto de tablas de pino que fue de su madre, vi que tenía encima de su cómoda un montón de ejemplares de *Platero.* Al verme entrar, se sonrió triste, con aquella sonrisa de su boca grande y fina que le abría toda la cara azul ya de cianosis: y mirándome con sus ojillos grandes también y entornados de tanta luz propia, y mirando al montón de los sonrosados libros, me dijo: «Sí, ya he regalado muchos ejemplares desde Nochebuena. Este año mi regalo ha sido Platero.» Nuestra entrevista no podía durar más que unos minutos, ya que él estaba tan débil, y otros aguardaban para entrar, uno a uno, en la biblioteca inmediata al dormitorio. Nunca olvidaré que antes de separarnos para siempre, cojidas nuestras cuatro manos, don Francisco separó su derecha suavemente para no prolongar la pena, aunque dejó quedada la izquierda un poco más entre las mías. Tomó un ejemplar que tenía cerca, lo abrió cuidadosamente con aquel tacto delicado con que él trataba los libros y todo lo tratable y lo intratable, y me lo dio abierto por la pájina de la muerte de Platero: «Es perfecto», me dijo lento. «Con esta sencillez debía usted escribir siempre.» Volvió a tenderme de pronto su mano también morada como su cara, dejando el libro sobre la colcha; sonrió forzado y añadiendo: «Pero no se envanezca.»

Días después de enterrar a don Francisco, a Francisco Giner de los Ríos, como dice su losa, yo publiqué una elejía a su memoria en la revista *España,* de José Ortega y Gasset; años más tarde, di una serie algo variada en mi colección de cuadernos que titulé *Presente*, y ahora voy a acabar la serie completa, más larga, de mis recuerdos de don Francisco en el primer libro de *Destino*, que quiero publicar en este 1953. Es curioso que las muchas elejías que he escrito en la muerte de personas y animales queridos, las relacione siempre, como con un dechado, con la pájina de la muerte de *Platero*. Sin duda, por su sencillez señalada por Francisco Giner agonizante, uniéndola, como anuncio no·dicho de la suya, a todas las muertes que yo había de recojer. Esa sencillez es sin duda la que ha hecho tan señalada esa pájina por muchos lectores de *Platero*.

JUAN RAMÓN JIMÉNEZ (San Juan de Puerto Rico, 24 diciembre 1952).

Indice

El Libro de Bolsillo   Alianza Editorial   Madrid

Libros en venta

Para Jared
de su tia Silvia
con el color verde
de la esperanza,
para que "mi niño"
me quiera mucho,
se lo pase muy bien
conmigo y aprenda
a amar la buena
literatura.
Madrid 27 Marzo 1995
tu tienes casi dos años.